La dona efervescent

La dona efervescent

Mar Bosch Oliveras

Univers

Primera edició: març del 2020

Disseny de la col·lecció: Enric Jardí
Imatge de la coberta: Ignasi Font
Maquetació: Mireia Barreras

Directora editorial: Ester Pujol

Univers és un segell de Grup Enciclopèdia
Josep Pla, 95
08019 Barcelona

L'edició d'aquest llibre s'ha negociat
a través de The Foreign Office Agència Literària

Imprès a Romanyà-Valls

Dipòsit legal: B-68-2020
Imprès a la UE
ISBN: 978-84-17868-53-6

A l'amor de mare, que sí que existeix perquè t'hi entrebanques.

A les meves dones efervescents: La que va parir la Sigrid, reina de vikings, gràcies pel teu nom. A l'Anna que va fer en Xavier i després es va clonar, gràcies per ensenyar-me com es lluita. Al cor amic de la mare d'en Pol, que riu tant com batega. A la dolça Cristina, gràcies per ajudar-me a dibuixar la meva cambra pròpia. A la mare de la Berta i d'en Jan, perquè és brillant i punt. A les bones vibracions de la Raquel, i la seva doble A. A Patrícia perquè és una dona UP. A la noia de blau i el vestit per on treu el cap la Gina. A l'entusiasme de la Montse, que ensenya la Júlia i l'Àlex a ballar amb gegants. A la Din, que sempre serà mare i filla de la meva tendresa. A la Carol, mestra d'ofici i esperit. A l'àvia Maria, la mare quasi centenària que encara recorda el seu primer part. A la meva mare, i a la nostra bufanda infinita. A les germanes trobades, la Núria i la Montse, i a la seva energia positiva. Als nostres companys d'efervescència, soferts i afortunats (sobretot el meu) i als amics que no deixen de ser-ho quan creixem, ens multipliquem i desapareixem del mapa. A la llibertat sobirana de decidir no ser mare o pare. A les dones antigues, gràcies i adéu. A la Roser, la meva segona mare, i a les sogres que no són com ella. A les sogres també.

D'on treu, el paradís, tota la seva llum?
Ho sé: L'il·lumina l'infern amb les seves flames!

LUCIAN BLAGA

Índex

PRIMERA PART

Totes les bèsties del paradís

Deia que sempre se'n van els bons quan posava l'últim grapat de terra sobre el cos de la seva mare. Ell plorava i els nens llançaven roses blanques al damunt de la muntanyeta on hi havia enterrada l'àvia. Havien fet el sot entre tots quatre, sincrònics com mai, amb l'ajuda d'un parell de gossos i algun gat que s'hi va avenir. Aquests, pensava l'Eva, estan tan acostumats a gratar per enterrar els seus tresors o les seves vergonyes que de seguida serà fet, el forat on hi ha d'anar l'estimat cadàver. Efectivament, va ser un moment i, en acabat, van procedir a estirar-la al cubicle tou d'arrels i cucs que l'esperarien amb els braços oberts si en tinguessin, però que en canvi obrien una boca de pam per rebre-la, cegament entregats a l'atzar d'aliments que els brinda la terra. Així és com diuen que viuen aquestes bèsties que l'Eva sempre havia admirat pel seu talent per autogenerar-se i no necessitar ni tan sols ulls per veure-hi clar en la més absoluta foscor. Els cucs: petits estómacs allargassats que poblen el subsol i que fan la feina bruta de l'oblit amb la matèria. I tan deixats de la mà de Déu, ocults a la llum del sol que ho beneeix tot al paradís, fins i tot els morts com aquell de qui ara s'acomiadaven per sempre i que, de mica en mica, aniria nodrint la terra que el cobriria i la faria més verda i més rica per als vius que també, de mica en mica, anirien passant pàgina.

L'Eva l'havia maquillat per millorar l'aspecte que normalment tenia i que s'assemblava molt poc al d'aquell moment. Era mig graciós pensar que feia més bona cara llavors, de morta, que no pas quan era viva, amb aquell posat de pepa disfressada de senyora de casa bona (pestanyes blaves, ribet verd sobre la parpella mòbil, celles de compàs i punta fina). Com va gaudir esborrant-li la cara i canviant-la per una altra. Res: un raig subtil de color terrós a les parpelles, un toc de rubor als pòmuls i una inclinació afavoridora d'una mata groga de cabells que s'entestava a dur crepada com un globus de palla damunt el cap. La *tupeware*, li deia, afectuosament —i en secret, és clar. Mai més. Li va desfer la tofa i l'hi va pentinar cap endavant, aconseguint cobrir millor que amb cap maquillatge les profundes arrugues que havia covat entre les celles amb l'esforç de tants anys de fer bullir la mala llet. D'aquella manera, el rictus d'emprenyada que sempre tenia se li va amorosir fins a esdevenir, en aparença, una simple dorment en calma.

Sempre l'havia volgut veure amb aquell aspecte, l'aspecte que lluïa llavors, dins la caixa. Potser li hauria caigut millor, potser no l'hauria odiat tant. Potser era justament aquell color rabiós als ulls, el catalitzador secret de la seva mala química. Qui sap? S'hauria de veure, ara! Llàstima que no pogués comprovar que realment guanyava si no anava pintada com un papagai. Com una porta. Com una porta del país dels papagais. Sobrietat, li feia falta. No a tothom li fa falta, la sobrietat. Però a ella sí. Sempre pendent de la seva imatge, amb l'armari (en realitat un pis d'estudiants convertit en rober) a rebentar. Un armari que buidava i tornava a omplir tantes vegades com fes falta perquè la senyora Remei no era pas fetitxista amb les peces de roba, que les mudes, que les amistats, que certes conviccions, entraven i sortien de la seva vida com corrents d'aire: «No tinc cap vici, jo», deia. «Ni fumo, ni bec, ni jugo, ni vaig amb homes. Només m'agrada vestir bé.»

Havien hagut de fer el cor fort —la jove, per contenir l'alegria, i el fill, per dissimular l'ensulsiada. L'havien davallat dins el forat amb les mans plegades al mig del pit, com si guardessin un bé molt preuat, com si allà hi hagués hagut mai res de valor, com si hi hagués hagut un cor, per exemple. Els ocells deixaven anar llavors de flors des de l'aire sobre aquell monticle concret de terra, tal com la morta, quan era viva, sempre havia manifestat: «On m'enterreu planteu-hi les flors més boniques, que jo, d'una manera o altra seguiré procurant que creixin, com sempre he fet amb tots vosaltres. Amb tots vosaltres, menys amb tu, arreplegada, que ja venies crescuda i t'has fet grossa com una mala herba, i ocupes fins a l'últim bocí del test on t'has plantat tu sola, el meu pobre fill. Que cec que és l'amor! Que cegues totes les puntes de les cigales! Planteu flors sobre meu quan em mori: jo he nascut per fer créixer els altres.» I la jove Eva contenia un somrís que hauria estat sonor si l'hagués deixat convertir-se en rialla. Mirar de no riure l'ajudava a concentrar-se en la cerimònia com el que era: el solemne enterrament d'una dona que detestava i a qui procurava no assemblar-se gens.

L'hauria volgut matar, no us penseu, però es va morir sola. Ben mirat, quin destí podria esperar una sogra com ella al paradís d'una jove exemplar? I perquè era exemplar, l'Eva ho va manegar tot per donar-li una bona sortida. Que no fos dit que se'n van acomiadar a la francesa perquè ella tenia pressa per viure. Pressa per poder agafar les regnes del seu fillet d'una vegada i per totes i ser, per fi, l'única conductora de l'home de la seva vida. Així que, atenent aquesta consideració, el comiat de la mare que el va parir havia d'estar a l'altura de l'amor que es tenien. I va ser l'enterrament més harmoniós que hàgiu vist mai. Totes les bèsties del paradís hi van tenir un paper que no s'havien hagut d'explicar perquè cadascú sabia quina era la seva contribució a la cerimònia. Instint animal, diguem-ne. Primer, centenars d'ocells van deixar anar llavors de flors des dels seus becs a les altures fins a la terra on jeia. Van continuar treballant els castors que, amb les cleques de les seves cues balbes, semblaven dir-li a la de sota que, ni que volgués, podria aixecar-se. No hi ha ningú sobre la capa de la terra que la compacti tan bé com ells. Cada cop de cua damunt el monticle que formava el cos de la senyora Remei, a l'Eva li semblava un sonor aplaudiment. I ja sabeu que quan algú comença a aplaudir, no se'l pot deixar sol, que és de ser poc considerat amb l'entusiasme dels altres. Així que l'Eva va començar a aplaudir també, somrient i satisfeta com després d'un gran espectacle. Sabia del cert, ho sabia, que a partir d'aleshores seria el seu moment, que ja començava a ser-ho: mort el gos, morta la ràbia. El món li pertanyeria del tot, l'home de qui havia sortit, la costella de qui havia sortit, estaria a partir de llavors i per tota l'eternitat a les seves mans, en bones mans; enteneu-la, a les mans on havia d'estar essent un home i no un nen. Era un ou sense gallina i en faria el que voldria, estimar-lo sense condicions, tal vegada, algun dia. Estimar-lo de veritat, que és com diuen que s'ha d'estimar. Però ella d'això no en sabia o, almenys, no n'havia sabut en tot aquell temps que havia hagut de compartir-lo amb la seva mare. Així que només havia pogut estimar-lo la meitat de l'esperable per llei. Però no ho podia dir a ningú. A ningú. Era un pecat estimar a mitges al paradís. Com si a totes les coses del món se'ls tolerés ser fetes a mitges allà (treballar, patir, queixar-se), però en això de l'amor no es permetessin les grisors. Que feia trist, que ho tenien tot, que vivien al jardí de les delícies. Que Déu els havia donat dos fills parits en l'exhalació airosa d'un sospir. Que en podrien tenir mil més sense ni adonar-se'n perquè creixerien sols i no sabrien mai què eren les limitacions i les amenaces. Podrien tenir-ne mil, si volguessin. Havien de tenir-ne mil, era l'única clàusula: «Creixeu i multipliqueu-vos.» I allò només era qüestió de temps, que el tenien tot per poblar la terra. Que no envellien, només avançaven cap a la plenitud. Que els cossos que els havien donat eren ferms quan volien ser vistos i flonjos quan havien de servir de repòs al company que jeia, cada nit, al seu costat com una criatura. Que els havien regalat una terra que no haurien de llaurar gairebé gens perquè els donés fruits. Només una mica, que semblés que s'ho havien guanyat. Que totes les bèsties eren domèstiques perquè la natura es desplegava al voltant seu com una llar sota els estels. I ni estels els farien falta perquè en tenien prou a mirar-se als ulls si volien sentir la bellesa, l'esperança, el misteri infinit de l'univers.

Una parella nua, són ells dos, s'abraça enfront d'una tomba. Sobre el monticle neix una catifa de flors grosses com una mà, tan turgents i acolorides que no sabria dir-vos si són de plàstic. Ni els passa pel cap que un dia els tocarà a ells, que el següent a fer criar flors com aquelles podria ser un d'ells dos, i que la mort, un cop arriba, és difícil que deixi de fer feina. Però què n'havien de saber, aquell parell, de la mort? Els havien promès que serien joves per sempre fins que n'hi hagués prou. I encara no en tenien prou. Mai en tindrien prou. Aquella era la seva voluntat i el paradís era el lloc on s'acompleix la voluntat de l'home (i de la dona, i de la dona): treballar poc o gens, viure molt, fins a afartar-se'n i no patir, sempre que patir no produís plaer, és clar. Una parella nua enfront del primer mort del paradís. Una parella nua enfront d'aquesta tomba. Ell s'espolsa la terra de les mans i recull l'Eva per l'espatlla. Ella li diu que l'agafi per la cintura, que li agrada més i es posen en marxa. S'adrecen turonet enllà, seguits d'una comitiva formada per una família de cada espècie. Els lleons van just darrere seu, amb un parell de cries que juguen a perseguir-se les respectives cues. Llavors els tigres i els antílops i els llops i els senglars, tots ordenadament desfilant rere seu sense necessitat de devorar-se. Una daina salta el llobató que es desorienta momentàniament de la marxa. L'Eva ho veu i el crida amb un xiulet. De seguida torna a desfilar al costat dels pares i germans. Que bonic, fer família, pensa. Que sortoses les daines, els antílops i els llops!

—I els nostres? —pregunta l'Eva al seu company.

—Quins nostres? —respon ell, estranyat per la pregunta—. Nosaltres no en tenim, de fills!

I l'Eva es torba quan veu que no és cap broma, que potser sí que s'ho ha imaginat. Que no hi havia nens llançant roses blanques damunt la tomba. S'ha confós, tot somiant l'alegria completa: que tenia fills i que eren els d'ella, els de tots dos. Que s'ha imaginat essent mare, pujant-los durant aquest temps. I s'ha imaginat com se'ls estimava sense haver-ne après de ningú. Per això es deia Eva, com la primera mare del món. S'ha imaginat alletant-los sota la flonja i dolça ombra d'una figuera que també tenia llet en prendre'n els fruits. Que els estimaria gairebé fins a rebentar, completament, sense reserves, tal com una mare estima qualsevol fill seu només perquè li ha sortit del ventre i no de la costella. Triar bé el teu origen, si es pot triar, és de cabdal importància. Ella hauria preferit sortir d'un ventre. Perquè ara sap que el ventre és el centre del món, el tap que, si el treus, s'hi arremolina l'aigua del planeta fins a desaparèixer. Però li diuen que s'ho ha imaginat. Que d'ella no ha sortit mai res. I té un forat a la panxa per on corre l'aire que aprofita, cavitat humana, per sonar.

—No! —fa tapant-se el buit rodó que la travessa—. Jo tinc dos fills! Ajudeu-me a trobar-los!

L'Eva es gira vers la corrua de bèsties que els segueixen, se la miren amb cara de no entendre res. La mateixa del seu home, que també fa cara d'incomprensió animal. Però ella busca els seus fills amb els ulls desbocats i amb les mans esteses en l'aire, com si el patiment la fes anar a les palpentes, com si els palmells l'haguessin d'ajudar a trobar-los.

—I els nens? —pregunta, mentre fa aixecar els peus als elefants. De sobte, sent uns plors—. Ningú més els sent? No els sentiu, vosaltres? Per força els heu de sentir: es fan cada vegada més seguits, desesperats i aguts. —Són la punxa afilada que esquinça el tel de qualsevol somni. Com aquest que us estic explicant i que l'Eva té, cada nit, des que dorm sola.

Pobres criatures

Obre els ulls, desorientada. Un ramat de palpitacions li cavalquen damunt del tòrax i se li perden gola endins. Té els pits enrocats, pedres cantelludes contra la carn que afegeixen dolor al pes dels remordiments: no s'ha tret la llet quan se l'hauria d'haver tret. No ha donat el pit quan l'hauria d'haver donat. Ha dormit massa, massa seguit. Quatre hores, potser cinc sense buidar-se. Què ha durat, això que ha somiat? No ho sap perquè tampoc recorda l'hora que era quan va intentar dormir per últim cop. I ara els bessons criden i ploren («criploren», que diu ella per referir-se al so que els seus fills emeten per comunicar-se amb el món que tampoc entenen) i la desperten des de l'habitació on s'ha atrevit a posar-los, lluny del llit on dormien junts, a un metre i mig de la seva porta, a l'altra banda del distribuïdor. Finisterre.

No sé vosaltres, però jo sento una veu de dona que no és enlloc i que no és la seva. Li diu que com ha pogut, que com ha gosat fer-ho, pobres criatures, que només tenen quatre mesos:

—I han d'estar amb la mare! Han de dormir amb la mare! Si els has d'alletar a mitja nit, has de tenir-los a prop. Per què et va venir al cap la idea de separar-te'n una mica? Vas pensar que t'aniria bé? Que els aniria bé a ells? A qui se li acut?

L'Eva fa veure que no la sent, cosa que no pot fer amb els plors dels seus fills, cada vegada més seguits, desesperats i aguts. Aguts de punxa afilada que forada el tel de qualsevol cosa.

—Deixa'ls que plorin, dona! Que els malcries, que et tenen apamada, i són llargs, aquest parell, llargs com una que jo sé. Que fan anar els altres com titelles. No t'aixequis, nena, fes-me cas. Tu quieta aquí!

Però l'Eva no fa mai, mai cas de les ordres disfressades de consell de la seva sogra, ni quan li parlen des de dins del cap, allà on s'havia instal·lat quan se li va acudir que potser tenia raó. Que tindria raó tota la vida, la senyora Remei, fins i tot ara que era morta i s'estava a l'interior cavernari del seu crani. Devien tenir raó, doncs, aquells que li deien que era un cap buit. Si el tens buit passen coses d'aquestes, que se t'hi instal·la qualsevol. Però se us acut pitjor okupa que aquella senyora?

—Dret a l'habitatge! —cridava la vella, cada vegada que intentava desnonar-la del seu cap, que era d'ella i només d'ella perquè havia trigat molts anys a omplir-lo de coses seves. El seu cap era la seva llar. Ho era fins que s'hi va ficar una altra dona.

—Surti d'aquí! Que surti, li he dit! —fa l'Eva picant-se la templa com qui espavila una tele espatllada.

—On vols que vagi? On se suposa que van, els morts? Si no ho sap ningú, com vols que ho sàpiga jo, pobra de mi! Així que em quedo. Que sàpigues que aquí dins tot ressona. Hi falten mobles, sents? Dels bons, carai! No d'aquesta merda que t'has muntat tu i que no saps per què sempre et sobren peces. M'estic clavant als peus totes les putes peces dels mobles que t'has muntat! Però quina bírria de casa que hi tens dins del cap?

—La meva! I vostè no n'ha de fer res! Pot fer el favor d'anar passant cap a l'altre barri?

—No. Hi tinc feina, aquí. Tu em necessites i jo tinc dret a continuar existint, si vull. A les vives se'ns ha privat de tantes coses, que ara no penso estar-me de res!

I allà dins, atrinxerada com un corc als mobles del pensament, no para de donar-li consells i fer-li comentaris respecte de la seva maternitat, respecte de tot. Que li ploren? L'hi havia dit tantes vegades! No els havia d'agafar quan ploraven durant la nit i ja estaven menjats, nets i a lloc. Si els agafava, ells haurien guanyat i ella hauria estat derrotada, una vegada més. Com tants milers de males mares i mals pares prenent els seus fills en braços instintivament quan ploraven fins a fer mal. És un entrenament per fer la pell morta, deixar-los estar. Han d'aprendre que a la vida sovint ploraran sols i ningú anirà a socorre'ls. Que no se'ls escolti, que els sons del reclam no li entrin pels porus fins a dins. Però l'Eva no pot més —Quieta! No hi vagis!—, li puja una nàusea pel tub del coll. És el cor que li surt a raig per la boca i vola, fent girar les artèries com les hèlices d'un helicòpter. Recorre la distància que el separa dels plors i es planta a l'habitació, uns segons abans que l'Eva —no és res estrany, sovint el cor li passa davant. Pren en Bru entre els braços, sembla que és el líder de la revolta de gola i de pulmons i que la Clara només el secunda. Si en Bru calla, la Clara també callarà. Ho han fet així des que van emergir d'entre les seves cames i continuaran fent-ho sempre.

—Deixa'l! Què collons fas? És el pitjor que pots fer! Són uns cabrits, veus? Ja té el que volia, una mare calçasses. T'han guanyat una vegada i ho faran sempre. Estàs perduda, nena. Si això no ho talles d'arrel, aquests nens, quan siguin grans, seran uns monstres. Dominadors, vull dir. Insatisfets sempre.

I seran uns rebels després, d'adolescents. I no uns rebels d'aquests que fan gràcia, no. Seran uns autèntics malparits sense ànima. D'aquests que van pel món pensant-se que són tan especials que tenen dret a dir la veritat sempre, que sol ser la primera cosa que els passa pel cap, i que els altres tenim l'obligació d'escoltar-nos-els. Com tu, vaja, que els has fet pastats a tu i a ningú més. Els miro i no hi veig res del meu Miquel, ni el blanc dels ulls. Que et penses que no ho nota ell? Jo no soc ningú per fotre sissanya, però que sàpigues que l'altre dia, va venir a tall de conversa (també el visito a ell, no et pensis), li vaig recomanar que es fes una prova de paternitat. I que et deixés, també l'hi vaig dir. A mi sempre em fa cas perquè l'he pujat recte com un ciri.

—Què diu que va fer?

—Doncs això, una prova de paternitat, que no costa tant. No eres tan sincera, tu? No entenc per què li amagues això. Si ho veu tothom que aquest parell no poden ser fills seus. Potser la Clara, sí. La nena és més maca, una mosqueta morta, però maca. Has d'entendre en Miquel, nena. Entén que tingui els seus dubtes quan mira aquests nens que no se li assemblen. Ningú podria viure amb això. Només li vaig suggerir que es fes la prova. I si un cop feta sap la veritat, que l'has enganyat i que els nens en són la mostra, que faci el que hagi de fer. Jo l'entendré i tu ho hauràs d'entendre. I tirar endavant. Jo t'ajudaré. Us ajudaré als dos. Tinc consells per a tots... Que el deixis plorar, t'he dit! Sigues valenta! Tant que ho ets per altres coses, tan senyora com vas aparèixer per la porta de casa el primer dia. Ah! ho recordo com si fos avui...

—Xxxt! Estic intentant fer que s'adormin!

—... Com si fos avui! —xiuxiuejant, però a ritme de metralladora—. Allà, al llindar, preguntant si podies passar, com els vampirs. No et pensis que no ho sé, que els vampirs fan aquestes coses per enganyar la gent de bona fe. «Que em deixes passar?», em vas preguntar. Xucla-sang! Ja et vaig veure el llautó des del primer dia! Venies a xuclar-nos-ho tot! Primer al meu home. Dius que us vau conèixer perquè et va entrevistar per la feina? Li tenia dit que volia decidir jo qui havia de contractar. Però no, ell va tirar pel dret mentre jo era fora! No sé què li va passar pel cap, amb aquell expedient que tenies. Quin expedient! Sempre ha estat un il·luminat. I ja fa un temps, no t'ho negaré pas, que pensa més amb la punta del rave que amb el cap. Ah, els homes, ah! I no ho entenc: mira quina fila fas, de veritat que no ho entenc. Que te les pagàvem, t'ho dic de cor.

—Què diu que em volia pagar?

—Les metes! Unes de noves! Ara les fan molt bé, aniríem a la clínica Planas, que són de confiança. Pels pits a la Planas. Res de coses rares aquí, a províncies. Per a les coses importants s'ha d'anar a Barcelona. Guanyaries molt, creu-me. Amb un bon parell de pits, tinguis l'edat que tinguis (si no mira'm a mi, quin goig que faig amb aquesta davantera), els ulls se n'hi van. Ja pots ser un autèntic espantall, com tu, que amb un parell de melons ho arregles. Encara que, ben mirat, amb tu tinc els meus dubtes perquè, dispensa'm, però les pigues tan juntes no agraden a ningú, ni als que fan anuncis per a la Benetton, ni a aquests. Suposo que ets conscient que en realitat no els agraden, les fan servir per vendre roba, que ho sàpigues. En fi, que no ho entenc, què t'hi van veure, els dos. Primer el meu home, després el meu nen. No ho entenc gens...

Malgrat la remor de retrets i malícia, els nens es calmen a poc a poc. En Bru abaixa els decibels, amorosit entre els braços de la seva mare. La Clara, quasi sincronitzada, tot darrere. No ha hagut ni d'agafar-la, que calla quan el seu germà ho fa. L'Eva s'asseu a la butaca que havien muntat amb tanta il·lusió mesos enrere i els pits se li desfan amb l'escalfor o la proximitat —això ja no ho sé— del cap del nen ple de rínxols, petits i forts com nusos d'espart. Després, quan el silenci regna a l'habitació, ajusta la porta i per una escletxa de llum els llança una última mirada, més que res per segellar la calma i tornar-se'n al llit amb aquesta imatge. Tanca de nou el cor dins la capsa del pit i se'n torna a dormir amb la visió dels nens que dormen, reconfortant com cent ocells sembrant flors damunt el mal des de l'aire.

Ous, lloques i senyors

L'Eva torna al llit (desert: desertat). Només desfet de la banda esquerra, la seva. I ell? On és ell? El maleeix per no ser-hi i llavors recorda que ha marxat per culpa seva, o això li ha dit. I encara no ho entén. L'Eva no entén res, tan bé que estaven! Tants entrebancs que havien passat plegats, després que ella, valenta i desimbolta com si fos vertaderament la primera dona del món, l'hagués salvat de les urpes dels pares i l'hagués ensenyat a comportar-se. Que s'hauria passat fins als cinquanta vivint a casa d'ells! Que s'hauria passat fins als cinquanta portant-se com un nen que no vol créixer. Li havia ensenyat que fer-se gran era aprendre a negar-se a fer certes coses per fer contents els altres. Evidentment, a ella mai li podria dir que no, això també l'hi va ensenyar. Van enamorar-se, van anar a viure junts, ella ho explica en aquest ordre, però no va ser ben bé així. Van casar-se, caps calents com eren, sobretot ella. I és que després, tot el que va venir només va fer que completar la dinàmica que havien iniciat en coneixe's: van posar-se a treballar plegats a l'empresa que havien heretat del pare d'ell i que volien reflotar. Van resoldre uns quants problemes estructurals, és clar, que la força de la joventut mou muntanyes. Van fer diners tancant un negoci a l'Àfrica, prou per contradir allò que les terceres generacions enfonsen els negocis que van iniciar els avis. En van fer tants que podrien viure relaxadament durant molt de temps i «empaperar les parets amb bitllets de mil peles», com solia dir en Miquel. Els avis Gris estarien contents, molt, de veure què havien fet aquell parell en tan poc temps. Van comprar-se un pis nou, un àtic de luxe, pel preu havia de ser-ho, amb vistes a un pati d'escola i a tots els terrats de la ciutat. No podien estar més amunt de la cadena tròfica. N'estaven segurs, només podien fer-se més i més grans. Però en un punt imprecís del temps enmig de la seva emergent felicitat va aparèixer la Remei, a qui havien deixat al marge del casament i de tot plegat perquè mesos enrere havia marxat a un dels seus recessos espirituals i no podien contactar-hi. Què havien de fer? Esperar-se perquè semblés que li demanaven permís? Casar-se com un llampec els feia il·lusió i punt. Quan tornés l'hi explicarien i llestos —una mare ho acaba comprenent tot. I va tornar. I va veure la foto d'ells dos sota una pluja d'arròs al rebedor de casa. El seu home l'havia emmarcat dins un marc de plata, on abans hi havia una foto d'ella, de jove.

—Es pot saber què vol dir, això? —va fer, deixant anar un crit que va fer tremolar el marc de plata, el moble del rebedor i el senyor Ramon, que estava llegint tranquil·lament al menjador quan ella va irrompre a casa. Havia arribat el moment de dir-l'hi. Però ells no hi eren i algú havia de fer-ho. Així que el pare, que intentava facilitar les coses sempre que podia, va avançar la notícia com s'han d'avançar perquè no dolguin tant (el gat s'ha enfilat a l'arbre). Aquell mateix vespre, van comunicar-l'hi formalment, en una trobada tensa, però que va acabar bé (el gat ha caigut, el gat és mort): «Sí, ens hem casat, ha anat així.»

No hi va haver plors ni sang, que la Remei, en presència del seu home, era la persona més civilitzada del món; tot i que, en aquestes circumstàncies, a qualsevol altra li hauria explotat el cap. A qui se li acut no esperar-la pel casament? A qui se li acut casar-se sense la mare del nuvi? Però si tothom sap que les sogres són les segones núvies! Les altres, les ultratjades. Les que no es poden vestir de blanc aquell dia, però que es vestirien de negre perquè una altra més jove, amb el comptador de frustracions a zero, amb el cap fabricat completament a l'inrevés que el seu, els havia robat el reietó dels seus ulls. Si hagués sabut del casament del seu fill amb l'Eva, la Remei s'hauria vestit de dol, escotada fins al melic i estreta com una botifarra, però de negre, perquè allò era una cerimònia trista, perquè una garsa li havia fotut el seu tresor més brillant. I se l'emportava al forat de l'arbre més alt de tots, amb totes les coses lluents que havia robat o arrencat de les orelles dels altres; al forat de l'arbre més alt de tots, entre els núvols de l'Himàlaia, o així de lluny li semblava aquell barri de la seva bonica i petita ciutat, tan lluny que ella mai posaria els peus a la nova casa.

A qui se li acut no esperar la mare del nuvi per casar-se? Només a ells, pel que sembla. Però és que en Miquel ja n'estava fins als nassos dels rituals de parella dels seus pares. Es veu que de tant en tant s'havien de donar un temps perquè «tenien un món interior tan ric que necessitaven espai per deixar-lo créixer com es mereixia». Perquè no se suportaven, vaja. En canvi, com que eren la parella més ben educada que haureu pogut conèixer mai, no mostrarien ni un bri d'aquesta discòrdia en públic. Ni en les formes —mai es divorciarien, mai exhibirien un amant— ni en els gestos —ell sempre cortès, ella sempre impecable. Així, aquell aire de temps i d'espai que es regalaven l'un a l'altre va esdevenir flotació per al matrimoni i per a la família, també per a la relació que la Remei tenia amb el seu fill, el seu únic fill, s'entestava a repetir cada vegada que s'hi referia: en Miquel Gris i Rosa. Posava especial èmfasi en aquest segon cognom, que era el que ella havia aportat a la pobra criatura, remarcant la R de Rosa, com si fes més senyor, passant per sobre del cognom del pare amb lleugeresa, obviant-lo i posant l'accent en el nom de la seva família: Rosa. Rosa fa senyor si el vesteix un home de categoria. Rosa és la reina de les flors, que ho sap tothom. Per això l'amor s'hi posa i per això punxen, les roses, perquè l'amor s'ha de protegir amb ungles i dents, fins a fer sang, si cal. L'amor és sagrat. I per sobre de l'amor d'un home a una dona, d'una dona a un home i de les combinacions entre aquestes dues variables, fungibles, intercanviables com hi ha món, hi ha l'amor de mare. Per això ella es va posar feta una fúria en tornar d'un dels seus recessos. Si desconnectava el telèfon i no hi havia manera de contactar amb ella, què volia? No hagués posat unes normes tan estrictes. Els Gris, pare i fill, van pensar que ja farien una cerimònia més íntima quan tornés i així tindrien fotos per a la posteritat en què hi sortís la família al complet. Però això no era el que preocupava a la Remei. Les fotos, quina bestiesa! I tant que les farien i triaria els vestits, les postures i els pentinats de tots, que per això serien les fotos del casament del seu fill. Les fotos, quina bestiesa! Li preocupava la dona amb qui s'havia casat i que ara, ves per on, tenia la meitat de les accions de l'empresa. D'on havia sortit? Per què no havia esperat a demanar-li el seu vistiplau? Que l'havia conegut fugaçment i prou, un dia que la va portar a sopar, i va pensar que duraria quatre telediaris.

—Durareu quatre telediaris!

—Mare, no comencem...

—Que és molt més gran que tu, on vas a parar!

Que no era gens el seu tipus, pensava, que allò seria un capritx d'entrecuix i rara vegada s'havia equivocat —per no dir mai. Un capritx d'entrecuix barrejat amb les ganes de portar-li la contrària. De fer-li pagar això que marxés de tant en tant, la mare. Una crida d'atenció. Que no estava bé. I com que no estava bé, es va arrambar a la primera que se li va posar al davant, enverinat no pel desig sinó per l'enyorança. Era una relació inconsistent i insostenible. Sort que havia arribat ella per desfer tot el que s'havia enredat durant la seva absència. Ai, els homes, que no se'ls pot deixar sols!

Quan pogués, començaria a executar el seu pla de desgast contra la intrusa. De mica en mica, a vegades sibil·linament, altres de manera frontal, aniria minant la moral d'aquella pigallada i acabaria marxant ella sola. No caldrien mesures gaire més expeditives que l'odi sostingut en el temps. Llavors, quan la jove acabés farta d'haver-se-les amb ella sense que el seu maridet hi prengués part, que en Miquel mai prenia part en les disputes de la seva mare, la Remei ocuparia el lloc que l'Eva li havia robat, just damunt de la seva criatura. La covaria fins que calgués pel seu bé, ensenyant-li com es comporten els homes nascuts d'una senyora.

Tots els homes nascuts de dona

La Remei ho tenia molt clar. Tots els mascles, el seu fill inclòs, tenien el cap entre les cames i l'esfera buida que s'erigia damunt del coll només servia per mirar futbol i mastegar el que ella, totes les elles del món, Remei inclosa, li preparava per menjar, amorosament i amb el dolç plaer de la servitud, com ha de ser. Oh! No podia estar-hi més en desacord, l'Eva. Com podia ser que no sabés que el seu fill era diferent d'aquesta massa informe de membres plens i caps buits que rodava per la Terra? Com podia ser que no sabés que en Miquel no era pas així? I tampoc els homes eren com creia ella! Alguns idiotes, potser sí. Els idiotes que ella havia conegut. Però no els idiotes de l'Eva; malgrat els desenganys, no eren de cap manera com la Remei deia. L'Eva continuava pensant que cada persona amaga un tresor al seu interior, un pessic d'humanitat primigènia que la fa especial. Fins i tot en Miquel. En Miquel sobretot, per això va atraure-la tant des del primer moment, a ella, que se suposava que per ser dona no hi tenia res selectiu enmig de les cames i que la força del desig li residia entre cella i cella. Potser sí. Però no amb en Miquel. L'Eva va viure feliçment obsedida per les bondats del seu espòs fins que va aparèixer... la sogra. I la sogra li deia que tots els homes eren iguals, el seu fill també.

Quina sort que tenia, aquella dona! Si anava pel món blindada dins les seves sentències, ben poca cosa la podia agafar a contrapeu. I a cada home que es comportava segons la seva llei universal, ella contestava: «Veieu? Ja ho deia.» I a cada home que la trencava, reblava: «Res. Espereu i veureu.» El cas, el maleït cas, és que sovint acabava tenint raó perquè els homes, fossin de la manera que fossin, acabaven engolits per la trituradora dels seus implacables prejudicis. Com en Miquel, que primer semblava una cosa, i després en va resultar ser una altra.

Però com es comporten els homes és un assumpte que l'Eva encara no ha resolt, per més casuística que la realitat li hagi pogut aportar. Que hagi tingut males experiències, sobretot aquesta última, no vol dir que se n'hagi de fer una llei. Poden haver estat esdeveniments aïllats. Ningú li diu que a partir de demà no es donin casos que li demostrin el contrari. Homes exemplars. Homes que li llegeixin la ment. Homes que l'estimin com ella vol i quan vol. Homes que s'assemblin al Cary Grant. Homes que la comprenguin més que ella mateixa. Que la comprenguin tant, que l'ajudin a explicar-se els dies que no pot o no s'hi veu amb cor. Amb delicadesa. Amb les paraules precises per no fer-li mal. Homes que li cuinin delícies impúdiques i rentin els plats i reguin les plantes i li pleguin la roba, les calcetes també, i siguin fisioterapeutes i poetes, però no ploraners ni egocèntrics; homes enamorats dels animals i que també en siguin una mica. Que tinguin un grup de rock o del que sigui, que toquin qualsevol instrument menys l'ukelele. Que toquin cançons fosques i romàntiques d'aquelles que la lletra diu coses com: «Oh, nena, que voldries morir aquesta nit per amor?» Però que no li facin por aquestes amenaces dels heavies quan es posen tendres perquè les hi cantaria a cau d'orella, amb una veu greu i melosa, com la d'un os delectant-se amb un rusc de mel que ha fet seu d'una esgarrapada. Homes que, encara que ja sabrien que no li cal, la defensessin d'altres homes, els que diu la Remei que ocupen tot l'espai per la masculinitat. Potser en trobarà un així algun dia. Que faci tot allò que sempre ha somiat. De moment ha anat trobant bocinets de la seva llista de comportaments i habilitats que tenen els homes que no coneix encara. Només n'ha descobert traços en les seves antigues parelles. Que el cuiner no era poeta i el músic no li regava les plantes ni l'escoltava per res, això que deia que hi tenia un do natural per als sons, per quasi tots menys pels que sortien per la boca de l'Eva. Que el fisioterapeuta li mantenia els músculs a ratlla, tots menys el que bombeja la sang als altres, que era tot ell una contractura. Ah! i un advocat, aquest va ser el pitjor de tots, tan guapo, tan ben vestit, tan semblant a l'actor dels seus somnis, tot i que era el més autèntic home Remei.

Però l'Eva és tossuda. Tossuda i adepta a l'escola de l'experiència: no es pot saber com són tots els homes perquè mai els coneixerà tots. De moment i per una llarga temporada en tenia prou amb el seu. I el seu no era com cap altre ni tenia, estranyament, cap de les característiques que a ella li haurien agradat; cuinava pitjor que un nen fent pastetes, se li morien fins i tot els cactus, deia que tenia al·lèrgia als gats i als gossos, però en realitat detestava els animals. No li feia cap massatge sense lesionar-la. I l'última vegada que va tocar un instrument va ser a tercer de bàsica. Una flauta. Es veu que va tenir el seu primer trauma amb la música, que tocava tan malament i era tan insistent en la seva falta de talent que els seus companys l'hi van introduir instintivament pel cul (però després el van acompanyar a urgències, que els homes es fan putades, però sempre ho acaben superant tot). Per l'assumpte de la flauta, odiava la música. I, per extensió, totes les manifestacions de les arts, la poesia també. Que què feia bé, en Miquel? L'Eva encara no ho sap, però aquell noi tenia l'estrany poder de mantenir-la intrigada al seu costat, setmana rere setmana, mes rere mes, intentant descobrir què tenia d'especial. Havia estat un jove rebel, un punt maquiavèl·lic i malparit, però ella el va redimir. Va pensar que després d'això potser se'n cansaria. Que si s'havia fixat en ell per ser un mala peça i, després, un cop saciada amb el líquid de la temprança —l'estabilitat del matalàs, en diuen— l'acabaria avorrint. Però no. En Miquel li interessava cada dia més no pel que era —qui sap, com som, realment, les persones?—, sinó per com se sentia al seu costat. Perquè l'havia trobat en el moment just, ves a saber, i precisament perquè el percebia diferent de tots els altres no projectaria en ell allò que havia de ser simplement per ser un home nascut de dona.

—Si tots els homes són nascuts de dona —deia la Remei—, llavors tots els homes són iguals.

—El mateix podríem dir de les dones, ves!

—Podríem dir-ne el mateix, sí. Però tothom sap que no és veritat. Que no hi ha cap dona igual que una altra. Per això els costa tant d'entendre'ns! Aquí hi ha la gràcia de ser una dona en un món d'homes. Nosaltres podem saber exactament com es comporten. Ells, en canvi, no.

I tenien converses d'aquestes en què sempre s'acabaven estirant els cabells. Llavors l'Eva, per desfogar-se, ho explicava a en Miquel, sense pensar que li parlava de la seva mare.

—Quina dona tan curta, per favor! Com pot deixar anar tantes collonades com si fossin veritats universals! Tu saps com n'és, de masclista? Que tots sou iguals, diu.

—A vegades ho dius tu, també: quan t'emprenyes.

—Però no ho dic seriosament. Ja ho saps... Què n'he de saber, jo, de com som, tots plegats? Tinc prou feina a conèixer els del meu voltant i he de fixar-me en tota l'espècie?

De com es comporten els homes, les dones, tots barrejats, mestressa, ho deixarà per molt més endavant, que ara no toca, que és hora de viure. Hi haurà un dia que en podrà fer un estudi, resultat de la comparativa de dades recollides durant una llarga vida, quan sigui gran i es miri el món sota un porxo de fusta, quan tingui més passat que futur i el present se li emboliqui amb les coses perdudes, podrà estar segura d'això que ara, per ella només és una llei privada i no universalitzable, una llei de merda, de les que li serveixen tan sols per justificar l'experiència viscuda, i carregar el mort del seu malestar als homes de la seva vida, per exemple. Com ara el pare dels seus fills. Aquest que no hi és ara, de matinada, per donar-li un cop de mà amb la seva estirp.

Però, ben mirat, no és per això que el troba a faltar, perquè l'ajudi amb els nens, vull dir. Ja no ho feia quan hi era, que semblava que tenia un tap a l'orella cada vegada que bramaven, fos a l'hora que fos. S'havia acostumat a no sentir els plors, la força sobrenatural de les cries humanes que fa estremir a totes les mares i que alguns pares saben destriar-ne els sons i col·locar-los de tal manera en l'ona de percepció, que els semblen tan obviables com les músiques de les sales d'espera. Els la bufen, els plors. Com si sentissin ploure. Una pluja fineta i relaxant rere la finestra. Ell li deia que era un mecanisme de defensa de gènere, el mateix feia amb ella quan li feia alguna observació que a ell no li convenia sentir, qualsevol. Era feliç prescindint de tot el que no li convenia sentir. Rere les muralles dels timpans, aquell home havia aconseguit un recés de pau que el mantenia viu, amb les constants a ritme de negra en compàs de dos per dos. Tota la vida, passés el que passés. Fins i tot quan els seus dos bessons, acabats de néixer, feien retrunyir les parets del seu àtic de ciutat petita. Fins que els sentia mitja ciutat petita menys ell, arraulit i vivint a càmera lenta darrere la membrana que hi ha just després de les trompes d'Eustaqui.

—Que no els sents? Com pot ser que no els sentis? Hi vas tu? —després d'un cop de colze suau.

I al principi hi anava. Al principi feia veure que els sentia. Però després, de mica en mica i al cap de les setmanes, sobretot a partir d'acabar-se-li els quinze dies desgraciats de la seva baixa, ja no reaccionava. Ni per pietat vers la seva dona. Ni per pietat maquinal. Feia mitja volta al llit, li donava l'esquena, li tibava el llençol, que era seu, es veu, que era seu, i proferia un ronquet de tro, per si no li havia quedat clar que dormia. Que dormia com un os. O que hivernaria com un os la resta dels anys de la seva vida en família. I acumulant gestos com aquell que, així, aïllats, semblen perdonables, va entendre que aquell ja no era l'home amb qui s'havia casat, ni el pare que havia esdevingut en fecundar-la.

Que com són els homes? Es negava a trobar-los-hi semblances, encara que fos fàcil deduir-ne unes quantes tal com feia la seva estimada sogra, especialitzada a categoritzar, i que ara pontificava des de dins, des del fons desmesurat que era el cap de l'Eva:

—Els homes, ai, els homes! S'espanten quan veuen complicacions i marxen a la primera de canvi. Els homes, ai, els homes: Tots són iguals!

Les unes, els altres

Diuen que quan les dones acaben de donar a llum estan més sensibles que cap altre moment en la seva vida. No és pas estrany, tot i que bona part dc la humanitat —la meitat, si les proporcions de la creació fossin justes— no ho hagi experimentat, se'n pot arribar a fer el càrrec. Només cal un breu exercici d'empatia o, en la seva absència, una visualització ràpida de l'escena: un cap de la mida d'un meló Gàl·lia s'obre pas enmig de les vostres dues cames, esquinçant-vos, en el millor dels casos, que es veu que és una desgràcia que el meló surti per una incisió feta deu centímetres més a munt, que fa ser menys mare, que treu valor a la proesa que el dolor vingui després. Perquè parir així no és parir, és retirar-se una molèstia. Que te la retirin, com una berruga, un quist, un paràsit d'aquests que pon els ous sota la pell. Quin fàstic! Parir és una altra cosa i no fa fàstic. Bé, almenys no produeix l'aversió inicial i reactiva d'uns ous postos per un altre ésser sota la pell. No fa fàstic perquè fa moltes altres coses. Parir és patir, és suar, és cridar, és penedir-se d'haver nascut, és maleir no haver estat home, un altre cop, com tots els cops que una dona desitjaria haver estat home, sumats, què sumats?, elevats a l'exponent infinit i després col·locats en paral·lel al gran dolor que en aquell moment us emplena! Que us emplena tant, però no us calma, el pal de mal que us travessa el cos. Un destacament de termites fan surf sobre les onades de dolor que s'abraonen sobre vostre.

Diuen que aquest dolor s'assembla molt al que qualsevol de vosaltres pot patir amb un còlic nefrític. Qui s'atreveix a comparar dolors? Ai, gentola roïna! Tan poc donada a l'empatia i tant a les comparacions. Però la qüestió és que ho podeu veure. Visualitzeu, humans: surt el petit meló de dins vostre, el segueix un cos sagnant i una garlanda d'intestí que us hi uneix i altres efluvis a mig camí entre l'aigua, l'entranya i la carn. Us buiden de tot això i guarden la criatura que plora, que també plora, però per motius diferents als vostres, segurament; en això no hi posaria la mà al foc. Us la col·loquen, bategant, damunt del pit exhaust. Té cames, té braços. Té tots els dits de les mans i dels peus. Té el nas del seu pare o de la seva mare. Té les vostres orelles. La boca de l'avi. I és viva. I beneïu el moment en què vau néixer perquè enteneu, enteneu a tall d'espècie, d'essència íntima animal, el motiu més simple pel qual la vida us vol sobre la terra. I beneïu, també, haver nascut dona i compadiu l'estaquirot que talla el cordó pel seu trist paper. Que ser pare no té res d'emocionant; què pot tenir d'emocionant veure tot això des de fora? Donar la mà a la sofrent. Penedir-se o enorgullir-se d'una correguda concreta, una que no ha fet mala fi al fons d'una goma. Rebre copets a l'espatlla que li distorsionen el pla del vídeo que està fent. Li cau una llàgrima. Ningú sap d'on ha sortit ni per què raja d'un ull només. Potser perquè allà dins tothom li dona l'enhorabona quan sap perfectament que se n'estan compadint, per estaquirot. Pren unes tisores que la llevadora sembla que empunyi contra ell i talla el cordó a l'altura indicada. Ja ha inaugurat el moment en què passarà a dir-se «pare».

Tot això, en el fons, ha de ser preciós, però no us ho puc corroborar perquè no soc humà ni home ni pare. Tot el que sé i que us explico ho he tret d'observar dins els barrets dels altres. Pensen, pensa molt tothom. A vegades pensen junts i creuats, a vegades pensen coses estranyes i perilloses, però només fantasiegen a fer dels seus pensaments accions. I estan allà, surant com una taca d'oli sobre el torrent quasi sempre ridícul, insignificant, de la nostra fluïdesa. Per això n'hi ha més a fora que a dins. Si aquesta taca d'oli de pensaments funestos es barregés amb l'aigua que sou, estaríeu arreglats. Però deixem-ho estar, que parlem d'homes que estan a punt de convertir-se, oficialment, en pares.

Diuen que quan els homes s'estan al costat de la seva prenyada en el moment en què deixarà d'estar-ho, se'ls inflama l'interior amb un sentiment de responsabilitat atàvica. Si els poguéssim mirar per dins, sentiríeu l'alarma de submarí i el vermell que recorre totes les seves cavitats, que encara que diguin el contrari, en tenen moltes. Els havien explicat, com a les seves prenyades, especialment a les seves prenyades, que aquell seria el moment més feliç de les seves vides, el dia més feliç. Però, de moment, només els resulta el més tens i incòmode, molt més que el dia que els van practicar una colonoscòpia. Quina denigració! Qui s'atreveix a comparar aquests dos moments? Vigilar el part del teu fill no és denigrant, és un exercici de masculinitat pura! És saber on s'ha d'estar, és ser un centurió a la rereguarda, és deixar-se esclafar la mà per amor, és deixar-se tractar d'inútil per les llevadores, per narradors omniscients que no són homes ni pares, per la mateixa prenyada que aprofita per vomitar-li tot allò que la nena de l'exorcista li diu que li digui: que l'odia, que és un desgraciat, que hauria d'estar al seu lloc, que mai tindran més fills, que es vol morir i que, essencialment, és culpa seva.

A tot això, el centurió a la rereguarda respon un «Sí, carinyo. Aguanta, carinyo» i de tant en tant rep una ordre d'un representant del personal sanitari: li diu que s'aparti, que molesta. I ell, disfressat de cap a peus de color verd aigua, aquell color d'hospital que fa pudor d'hospital, abaixa el cap com una japonesa i s'enretira al fons de la sala, veient que no té més opció que esperar i deixar que els altres facin les seves respectives feines.

Després, quan el seu fill ha sortit, ja se'n pot atribuir el mèrit. Té el seu nas. Té tots els dits; els de les mans i els dels peus sumen el que han de sumar i estan agrupats als llocs on han d'estar. Mira que tingui l'aparell reproductor que li pertoca, es veu que això és tan important per als mascles com tenir un ull al costat de l'altre, just al cim del nas. El seu fill ho té tot a lloc, el seu fill... i ho pronuncia una vegada i una altra per fer-se'n a l'idea: «Tu ets el meu fill.» És clar, fins aleshores només havia estat el contingut del bony a la panxa de la seva dona, una promesa de plenitud i tendresa, algú a qui ensenyar a jugar a futbol. Poseu-vos al seu lloc, està desfet. Poseu-vos-hi. Si no podeu, feu com abans, un petit exercici de visualització: veieu com els nervis se li tensen en tot el temps que dura el part, mireu-lo rondant la sofrent, ara endavant ara enrere. Fumaria. Només té ganes que s'acabi, tot i que fingeix posar tota l'atenció en l'enregistrament. Sembla que faci alguna cosa de profit, tot i que la resta de la sala pensi que és una atrocitat estar gravant enlloc d'estar fent qualsevol altra cosa. Però què voleu que faci, pobre home? És aviat per tallar el cordó, és tard per fer-se una vasectomia, ja ho tenen tot muntat; al niu que els espera ja no hi falta res. Quines ganes que té de tornar a casa i fotre el camp d'allà!

Però un cop a casa es trobaran amb més d'una sorpresa. Un cop a casa, les sofrents s'aniran convertint en un altre ésser. No sabria dir-vos quin. El cas és que tot els sap greu, el món les molesta, la vida els fa mal. I ploren. Ho expliquen amb detalls els manuals, els que diuen el que pots esperar quan estàs esperant i totes les merdes i nafres que poden venir també després de l'embaràs. Depressió postpart, crisi existencial, ruptura. Morenes. Estries. Alopècia. Tot molt bonic, molt natural. Un cop a casa, les dones desembarassades s'aniran convertint en un altre ésser. A poc a poc, com ho fa en Hulk, però a l'inrevés. El producte resultant és una dona amb les vestimentes esquinçades, en verd minvant, temorosa i cansada després d'una gran lluita del seu cos mutant; la mare primerenca es mira al mirall i només hi veu retrocés cap endavant.

No era el cas d'algunes dones antigues, la senyora Victòria, una veïna que tenia al pis de soltera i que sovint l'anava a veure perquè enyorava la companyia de l'Eva o perquè veia que a l'Eva també li feia falta una bona ració d'amistat durant aquell inusual puerperi. Li agradava explicar-li històries d'abans, de quan éreu tots plegats d'una altra pasta. Sobretot les dones. Dones de pagès. La història de la seva mare, per exemple. La mare de la senyora Victòria, la Rosor de les vaques, havia de ser per a totes, Eva inclosa, un referent. Algú amb qui comparar-se i no sentir-se tan miserable, espolsar-se la pena i entendre que sempre n'hi ha hagut que ho han tingut molt més difícil. I no es queixaven. Escoltant la història que li explicaria la seva amiga Victòria, l'Eva s'anava recomponent. El dolor dels altres és una sordina que rebaixa i calma la pròpia tristesa.

L'antiga tristesa

La Victòria era filla d'una extensa família de pagès. Havia estat el fruit d'un matrimoni entre un home que havia renunciat al sacerdoci per una relliscada i que un fort sentit del deure va portar-lo a casar-se amb la jove Rosor, pubilla del Mas de Can Xisquet, a Sant Esteve de les Roures. Van tenir nou fills, els que Déu va voler. Bé, en realitat Déu hauria volgut que en tinguessin tretze, però el seu cos es va col·lapsar en algun moment. Quatre dels tretze fetus no van acabar el procés de vida dins l'atrafegada fàbrica de nens de la Rosor de Can Xisquet o van morir en el part, entre llençols blancs, tacats de sang, suor i llàgrimes (els tres ingredients d'una vida viscuda cristianament). Els embolicaven com un fardell de vianda per a un llarg viatge i una monja se'ls enduia per donar-los discreta sepultura, o això explicava la senyora Victòria a l'Eva: «No sé què en feien dels morts. Vull pensar que se n'acomiadaven després, pietosament, tot i ser criatures dels llimbs.»

¿Se sentien tristes les dones d'abans, aquelles dones que l'Eva i la Victòria creien que pertanyien a una altra raça? Quan la Rosor de Sant Esteve va haver parit el seu novè fill, una nena, l'última, va posar-se un bon manyoc de draps nets a les calces per xopar l'esquinçada carn al capdamunt de les cames. Es va embenar també la panxa, encara botida, per agafar forces i collar-se alhora la ronyonada. El part havia durat vuit hores. Tot seguit, tremolant lleugerament per posar-se dempeus, va creuar l'era i es va dirigir a les corts. Era capvespre i el sol es trencava com un gran ou de llum sobre la silueta punxeguda de les muntanyes. Tot era de color taronja quan la Rosor va començar a munyir les vaques. Obria els ulls amb una mirada que s'assemblava força a la de l'animal, potser connectaven d'alguna manera i, quan, des de l'interior del mas sortien els plors de la nova criatura, se sentien des de fora, se sentien arreu del paisatge, la gran, la Victòria, l'hi acostava d'un salt perquè li donés el pit. Aquell era l'únic moment en què parava de munyir les vaques. Però ho feia perquè la Victòria la rellevava mentre l'últim germà seu, la petita Eloisa, xuclava amb delit de llop el mugró de la seva mare, la Rosor de les vaques. Li deien així, sense menyspreu, les dones del poble. Que l'admiraven pel seu esperit d'abnegació i treball. També la compadien una mica, que el seu marit, el senyor Job, el pare de la Victòria, sempre estava com absent, sospirant d'esgotament, quan no pregava a Déu, que era l'única cosa que semblava fer amb passió.

¿Se sentien tristes les dones d'abans, aquelles dones que l'Eva i la Victòria creien que pertanyien a una altra raça? Pobra Rosor de les vaques! Nou criatures i fent de dida entre munyida i munyida! Com si no en tingués prou amb les seves..., però necessitaven els diners, tu diràs! Qualsevol feina que pogués fer l'acceptava de grat, sempre que fos una feina digna. La Victòria sargia per encàrrec des de petita i l'ajudava amb l'hort i el bestiar. Els altres encara tenien edat de jugar i passaven els dies campant pels volts del mas, com bèsties mig feréstegues, protegides per ves a saber quin àngel rural que els guardava dels perills d'un entorn que avui hauríem considerat una atrocitat per a la seguretat infantil. Fosses sèptiques desprotegides, eines de camp aquí i allà, taulons desfalcats, murs esllavissats, curses davant gossos sense amo. Mentrestant la Rosor alimentava vaques, munyia vaques, guaria vaques. Ho havia fet tota la vida i no deixaria de fer-ho llavors, deslliurada d'aquella molesta bota de carn al ventre que li impedia ajupir-se bé els últims mesos de bona esperança. Treballar era el seu delit. Si deixava de fer-ho els altres deixarien de menjar. Tampoc havia parat mai per comprovar-ho. Quina mare faria un experiment com aquest?

La senyora Victòria diu que no recorda mai la seva mare sense fer res, mirant l'horitzó, per exemple. O fent-se burilles. Mai una estona de distracció o d'oci banal, com desfullar una margarida o fer gall, gallina o pollet perquè sí. O contemplar la forma dels núvols que, a Sant Esteve, diuen que sovint prenien forma de xai perquè tots n'eren una mica. En canvi, sempre duia al damunt, com una capa de plom, una seriositat d'absència a la cara i als ulls i a la boca. Feien bona parella amb el seu pare, tots dos s'havien trobat perquè la vida aparella ànimes que s'assemblen, a vegades, ells n'eren un exemple.

¿Que se sentien tristes les dones d'abans, les dones que la senyora Victòria i l'Eva consideraven d'una altra raça? Ja no hi són per preguntar-los-ho. Només sap que moltes de les seves successores sí que n'estan, de tristes. I, a més, ho diuen. I saben que altres dones també senten el mateix. Se senten tristes perquè la criatura que han parit no havia vingut amb l'estrany poder que les altres dones, totes mares alegres, li havien explicat: «El miraràs als ulls i ell et mirarà a tu. Li prendràs la maneta. Ell et prendrà fort el teu dit amb aquella menuda, increïble mà. I seràs feliç d'una manera que mai t'has imaginat.» Però no. Per a les mares tristes de l'actualitat no hi havia pack —és a dir, el binomi format per la criatura i l'amor per aquesta criatura.

Però, és clar, no tot és culpa seva. Perquè la mena d'amor de què us parlo no surt de dins, es veu. No és una emoció reactiva, natural i mecànica, com ho és la por contra allò que t'amenaça, la ira contra allò que t'oprimeix o l'enveja contra allò que evidencia les teves mancances. Aquesta mena d'amor ve de fora: un parent de cupido bufa un dard amb l'essència concentrada d'aquest alt sentiment just al mig de la panxa de la prenyada —diana fàcilment assequible, pensareu. Us equivoqueu: hi ha vegades que l'angelet no l'encerta, o no suca amb prou amor el dard o l'embarassada té la pell tan dura que ni ell ni els seus afilats fiblons d'amor la poden travessar. Pobres mares! Quina desgràcia els sobrevé! Quina trista vida els espera, a l'esguard d'algú que no s'estimen prou, que no es poden estimar prou, tal com diuen que s'han d'estimar les pròpies criatures! I, d'altra banda, sobretot d'altra banda, perquè aquí és on sembla correcte posar l'atenció d'aquesta desgràcia bijectiva: Pobres, pobres criatures!

El nan que pica pedra amb un pic diminut

Des que van arribar de la clínica que l'Eva va començar a sentir-se lleugerament sola. I trista. I decebuda. Segurament va ser perquè en Miquel marxava contínuament a treballar. Que havia d'anar a apagar focs a l'empresa, deia. I no va poder esperar ni els quinze dies de rigor per abandonar el niu del qual, se suposava, havia de tenir cura durant aquelles dues primeres setmanes tan fràgils. Durant els mesos delicats que van venir després, tampoc hi era. Aquells mesos... l'època sense pell en què les famílies es funden i necessiten covar-se dins d'un entorn de porexpan. Una gran panxa, anomenada llar, els hauria d'haver tingut a tots quatre sota la seva custòdia fins que estiguessin a punt d'obrir les portes al nou món que els rebria com una suma indestriable de pares i fills.

En aquest sentit, és important dir que una família té el seu temps de gestació. Això també ho he observat. No n'hi ha cap que neixi per generació espontània —quina bestiesa! No hi ha cap família que neixi en el moment de concebre, com pensen alguns; o quan els noms de tots, pares i fills, estan escrits en un llibre blau, com justifiquen uns altres. Una família esdevé família quan els seus membres —braços, cames i caps, sobretot caps— han sobreviscut plegats la interrupció inicial i inalterable del que eren les seves vides fins a aquell moment. Una dona —l'Eva— les perspectives de la qual només feien que allargassar-se, un noi —en Miquel— que s'havia fet gran de cop. Després, dos fetus comprimits en pau dins el ventre remogut d'una empresària. Tot havia canviat en el mateix moment de l'eclosió dels bessons. Amb ells naixia, també, el vincle que els unia a tots quatre per sempre. Però, a ell, això semblava que li importava dos raves. Arribava tard, sempre coincidint amb els moments en què les criatures dormien, que solia ser pels volts de la una de la matinada. L'Eva sospitava que els vigilava amb la petita càmera que havien instal·lat al capçal del bressol i, quan veia que s'adormien, s'arribava a casa, menjava alguna cosa que rodava per la nevera i es ficava al llit a poc a poc.

—Si que vens tard...

—Estàs desperta?

—Quasi sempre estic desperta. Tenim bessons. Els has anat veure?

—No els vull despertar —fa ell, disparant-li un petó ràpid al front, bastant semblant a l'aire comprimit que s'endinya al bestiar perquè mori—. Dorm que et convé.

—Em convé tenir-te a casa, Miquel.

—Eva, que estic cansat...

—Ah! I jo no? Jo no estic cansada?

—Estem cansats tots dos!

—Uns més que els altres! Vols que t'ho expliqui? No té res a veure la feina que fas a l'oficina amb aquesta merda!

—Estar pels teus fills no és una merda!

—Com que *els teus* fills? També són els teus fills, saps? En tornem a parlar? Són de tots dos!

—Eva, ara no és hora de discutir... després no dormirem i ens convé dormir.

—És a mi que em convé dormir! A tu et convé marxar,

només. Això és el que fas quan dorms, acumular més hores sense nosaltres. I córrer camps a través, com més lluny millor. Que et penses que no ho veig? Et trobo a faltar, hòstia! Et necessito... Els nens et necessiten!

—En uns dies ja estarà tot solucionat, llavors ja podré estar per vosaltres... Saps que és important, que ara estic al capdavant i que el barco, el barco no pot anar bé sense un capità. Saps les burrades que estaven fent, en una sola setmana, aquells? Quan el gat no hi és les rates ballen!

En Miquel es queda satisfet amb la seva explicació i canvia de posició perquè un gran sospir li ha omplert el pit. Es posa panxa amunt mirant en un punt indefinit del sostre, com si volgués anar més enllà dels maons, foradant-los, i pedra a través fins al cel li diu:

—Si la mare fos viva no m'enyoraries tant... S'hauria instal·lat aquí, aquests primers mesos, hauria... Li havíem preparat l'habitació. Per què has desmuntat tan ràpid l'habitació que teníem parada per a la mare?

—Perquè no tornarà, Miquel. Ves-ho paint, sisplau... I no estàvem parlant d'això...

—És que era tan bona cuidant els altres... Jo, això, no ho he pas heretat. Tenia mal caràcter, sí. Però era bona cuidant-nos, cuidant el pare, a mi, a tu...

—A mi? Va, home, va!

—A tu, sí, a tu també!

—Pots parar de parlar d'ella? Entenc que ho tens recent, però tens dos fills, Miquel. Dos fills que gairebé no et mires...

—Com vols que no en parli, de la mare? Vols que no en parli? Això és el que vols? Esborrar-la del mapa, també del meu cap. Però no... Hauràs d'aguantar que en parli, ho sento molt.

—Entenc que estiguis afectat, era ta mare. Ja sé què és que

et falti una mare, ho sé corregit i augmentat. Què et penses, que ets l'únic orfe del món? Però la humanitat sencera serà òrfena tard o d'hora. No. Ben mirat, ho ha estat sempre... Quin pare, quina mare permetria que les seves criatures patissin tant? Els homes no tenim pares, no podem tenir-ne; l'estat del món ho corrobora, no creus?

En Miquel no li contesta. Avorreix l'Eva quan es posa transcendental, cosa que no li passava abans, quan només eren parella i no els havia passat això dels fills, de la seva mare morta, víctima d'un cobriment fulminant, coses de l'edat, coses del destí, se suposa. La seva sogra va morir el dia que van néixer els que haurien estat els seus nets. Els que esperava amb candeletes, tot i les reticències que la gent l'anomenés àvia o, el que considerava molt pitjor, «iaia». Deia: «Al primer que em digui "iaia Remei" li tallo la llengua i tot el que li pengi, colla de fills de puta!» —Era molt malparlada, disculpeu, jo només transcric. Els hauria estimat, els seus nets. Però ara és morta i en Miquel avorreix l'Eva quan es posa transcendental. Li sembla absurda. Li sembla una criatura miserable, risible, un nan que pica pedra amb un pic diminut i es pensa que grata el cor de la mina. I que es farà ric. I que es podrà pagar l'operació d'extensió de fèmur. Què carai! A algú fastigosament ric no li cal ser alt, amb els calés en farà prou per comprar l'acceptació de l'univers sencer. L'Eva és un nan ridícul que pica pedra amb pensaments de grandesa. Miserable! Qui es pensa que és amb aquestes divagacions? Que la humanitat sencera és òrfena? Qui s'ha cregut que és? Abans de tot això, es passaven llargues estones discutint sobre qüestions de la naturalesa, el pensament, el comportament humà o l'animal o el vegetal. Tot. Volien analitzar el món des de la perspectiva més insòlita que se'ls ocorregués, sobretot abans d'anar a dormir, que era quan els venia xerrera. Estirats tots dos mirant el cel enllà del sostre i pensant si hi havia centenars de milers de parelles com ells en aquell mateix moment intentant relaxar-se inventant arguments, parelles que després, tant si les conclusions eren satisfactòries com si els conduïen a un dels molts atzucacs de la ignorància, farien l'amor retent un tribut desenfrenat a la paraula. Ara en Miquel se li tombava d'esquena al llit i feia veure que un fus encantat l'havia empalat de dalt a baix. Que dormia molt fondo, paladejant i tot, dormia sobreactuant, vaja.

L'Eva li mirava atentament el clatell, esperant que en qualsevol moment es girés i se la mirés i li demanés perdó i ocupés el lloc que havia d'ocupar. Però no ho va fer, aquella nit. Ni les que van venir. I un dia no va tornar. Les criatures tenien mesos i el seu pare no va tornar. Encara tenia les coses al mateix lloc on les havia deixat abans de marxar a treballar. No es va dignar ni a fer les maletes, segurament hi aniria quan l'Eva sortís a passejar els nens, d'una revolada, per no veure'ls. I s'ho enduria tot. La roba, les coses del lavabo, els records, la capsa dels pongos, tot. I l'Eva no entendria res quan llegís la nota que li havia deixat damunt la tauleta: «No puc suportar-ho més. Saps que ho he intentat, però no puc afrontar-ho, Eva. Estàs sola. Sempre has dit que te n'has sortit molt bé, sola. No em necessites per res i ho saps. Perdona'm.»

Els visitants

Com que no tenia més família, venien a veure-la veïns de l'antiga escala; avis, principalment, amb qui l'Eva passava estones quan es va instal·lar a la ciutat. Després va trobar feina i va trobar en Miquel, gairebé totes dues coses alhora, i van anar perdent el contacte de mica en mica. Tanmateix l'anaven a veure de tant en tant, en saber-la sola i en la seva situació. S'havien convertit en els seus parents sobrevinguts, gent gran per a la qual l'Eva ja era una companya quan anava a passar les tardes perdudes a jugar a cartes amb el senyor Duran o a fer-la petar amb la senyora Victòria, sobretot amb la senyora Victòria. Però ja se sap, que no tot és objecte de les normes de la lògica o la justícia, i molt menys les relacions humanes. Que les coses segueixen el seu curs sense massa reflexió, derives de la vida, que no té remordiments i ens ensenya que gairebé res és bidireccional, i encara menys l'afecte entre les persones. Així que quan aquells antics veïns la venien a veure, de seguida els feia fora amb qualsevol excusa elegant, això sí, mai infidel a la veritat. Era l'Eva Botet, la que deia la veritat fins a les últimes conseqüències. La maternitat no l'havia canviat:

—He de veure créixer les plantes que em van regalar. Oi que ho entén? Si parlo amb vostè en aquests moments preciosos que no he d'estar pels nens, em perdré com creixen les plantes. I no me les van regalar pas per fer bonic, oi? Vostè em va escriure a la targeta: «Perquè les vegis créixer tan altes com els teus fills.»

I reia, la senyora Victòria, reia i l'engegava a la merda carinyosament com solia fer sempre, però tornava per veure-la, al cap d'un dia o dos. L'Eva li obria la porta, l'antiga veïna li comentava l'aspecte horrible que tenia i ella li donava les gràcies. Prenien alguna cosa. Li rentava els plats, li posava en marxa una rentadora, li plegava la roba, li preparava el dinar. Tot mentre xerrava pels colzes i els genolls i tots els doblecs articulats del cos. I l'Eva ja tenia ganes que marxés:

—Li fa res si ens quedem en silenci? —Això li deia a la senyora Victòria, que sabia que era la pitjor cosa que li podia dir—. El metge m'ha dit que he d'intentar estar en silenci l'estona que no he d'estar pels nens. M'he d'omplir de silenci. L'acompanyo a la porta? No cal? Gràcies per entendre-ho. I pel dinar i per tot, Victòria. Però ara se n'hauria d'anar. D'aquí a cinc minuts arriba en Miquel i no li agraden gens les visites.

—Eva...

—Cinc minuts, és puntual com un rellotge. L'hi vaig ensenyar jo, sap? Abans de coneixe'm anava pel món com un baliga-balaga. Sempre fotent tard per tot. I ara miri en què s'ha convertit...

—Eeeeva...

—Un executiu de cap a peus! No notarà que no hi soc a l'empresa durant aquests mesos que jo he d'estar de baixa. Perquè jo volia tornar a treballar de seguida, sap? De fet, abans de néixer els nens, havíem dit de canviar-nos els papers. Jo aniria a treballar i ell es quedaria a casa amb ells... Però ha resultat que d'aquí uns mesos, quan aquest parell tinguin edat d'anar a la guarderia, jo treballaré des de casa, un privilegi, un luxe i ell m'agafarà el relleu en la direcció. Ja ho comprenc, que als homes diuen que els costa quedar-se a casa. Els nens són molt petits i algú bé ha de reduir-se la jornada. Havíem de fer-ho al revés, però, al final, la cosa anirà així. La realitat s'imposa, Victòria! Li feia tanta il·lusió ser pare! Però les coses no han seguit ni de bon tros les nostres intencions... En néixer els nens, tot es va tòrcer, sap aquelles espirals de mala sort que giren, giren, giren... Pobre Miquel, en lloc de gaudir d'aquests moments, ara ha d'estar treballant com un burro... És que ha patit tant per la mort de la seva mare... Estaven tan units que no hi tinc res a fer, escoltar-lo i prou. Tres minuts i creuarà la porta, no cal que es quedi per comprovar-ho.

—Eeeeeva!

—Què!

—Quan fa que en Miquel no ve per casa?

—Tres setmanes. Quatre.

—Ja. I saps si té pensat tornar?

—No tornarà.

—Desgraciat!

—No li digui desgraciat, no ho és!

—Que t'ha deixat, nena! Que t'ha empatxonat i en veure el percal ha fotut el camp! Em pensava que ja no en quedaven d'aquests, saps? Però es veu que això és més vell que l'anar a peu. Ja se'n podria fer a la idea que això de la paternitat era dur, nas de mocs! T'ho vaig dir o no t'ho vaig dir que et busquessis un home més gran! Quina mania amb aquesta criatura! Què volies?, educar-lo? Què volies?

—Miri, Victòria, ara no em renyi, que ja està fet...

—I ben fet que està: bessonada!

—Què vol que li digui, em vaig enamorar!

—I una merda! Se't va girar el cap després que el seu pare

et donés feina. Per cert, on és aquell, el sogre perfecte, no t'estimava tant?

—És a l'Índia, necessita meditar. Porta malament la viudetat.

—O molt bé, la porta! Se n'hi ha anat per celebrar-ho.

—Si se n'hi hagués anat per celebrar-ho hauria triat Tailàndia, Brasil o Cuba! Un no se'n va a l'Índia per celebrar res. M'envia missatges on diu que se sent malament per estar tan bé. Tan en pau. I jo li responc. M'estima molt i als nens també. Quan torni el primer que farà serà venir-nos a veure.

—Un pamplines, com el seu fill!

—Escolti! Els Gris em van acollir com una filla! Que jo no en necessito, de família. Ja ho sap. Però vaig tenir feina, parella, pare i mare... de cop!

—Mare? Què dius, de mare! Aquella porca no era res semblant a una mare! Te n'adones que fas com tothom? Quan la gent es mor, resulta que eren tan bones persones... Morta! Li està molt bé i tu viuràs molt més tranquil·la.

El que la senyora Victòria no sabia és que la Remei no havia deixat del tot aquest món. Que continuava tocant els nassos dins el cap de l'Eva, la pobra Eva, abandonada pel marit i visitada constantment per la veu d'una dona que li diu com ha de fer les coses i a qui no pot fer fora com la fa fora a ella:

—Passi-ho bé, Victòria. Gràcies per venir.

I la senyora Victòria se'n va, tot fent-li una manyaga a la cara en acomiadar-se. Li diu que es pentini i que es vesteixi, encara que no hagi de sortir de casa. Que es renti la cara amb aigua fresca i que surti al migdia a fer un volt amb els nens. Que ella tornarà d'aquí a un parell de dies, tant si vol com si no. Que li truqui si necessita res. L'Eva li diu que molt bé, que ja ho farà; se li avança i li prem el botó de l'ascensor, per accelerar l'esbandida. Torna a dins, tanca la porta i tanca els ulls, reposant el cap contra la fusta.

—Per fi se n'ha anat, quina paparra! —fa la Remei—. No me les diria a la cara totes aquestes coses...

—Sí que els hi diria, vostè no la coneix prou...

—Ni ganes. Jo no m'he fet mai amb gent de baixa estopa. En fi. Però té raó en una cosa: vesteix-te i endreça't. No pots anar així, que fas pena. I suposo que no vols fer pena.

Parla amb la morta, però no s'ha tornat boja —cosa que pensareu molts, que les veus dins el cap, si no us ho expliquen bé, fa boig i espanta. No. Però n'hi hauria per tornar-se'n; té un maldecap dels grossos que no se soluciona amb res. Vivint, potser, algun dia se n'anirà, dels llimbs del seu cap, la Remei. Si les coses anessin molt mal dades, localitzarà un exorcista. A la desesperada, tot li sembla una bona solució. Però l'Eva, passades les setmanes, ha començat a desenvolupar-hi una estranya relació, amb la sogra de dins seu. Li molesta enormement, però ja s'espera els seus comentaris, ja sap què li ha de dir. El to. L'enfocament. Tot. Res del que la morta li pugui retreure no li vindrà de nou. Aguantar aquesta situació, doncs, serà com veure la tele, com veure un programa d'aquells que es tiren els plats pel cap gent molt desgraciada que cobra una picossada per vendre la seva intimitat, com un programa d'aquells. No té el comandament del que passa dins el seu cap, simplement. Potser, algun dia el trobarà enterrat entre els coixins del sofà, dins la nevera, ves a saber on van els comandaments quan no volen ser-hi. El trobarà, canviarà de canal i llestos. Mentrestant, està tan cansada de tot plegat que no té esma ni per buscar-lo. S'escarxofa amb la vida que li ha tocat viure —així és com percep l'Eva aquesta època que avui ens ocupa— i que vagi passant tot davant seu, com passen algunes pel·lícules que no saps per què veus fins al final.

Però no sempre ha estat així, potser ara no ho recorda, però no sempre ha estat així. Aviat farà un any, en Miquel no parava de fer-li petons a la panxa amb qualsevol excusa —Que me la gastaràs!—. I, malgrat que tenia la sogra que tenia, que estigués viva casa seva i no morta dins el seu cap, era molt avantatjós: podien anar-la a veure i marxar després, tancar la porta de casa, no parlar-ne. Fer veure que no hi era, almenys, en aquell reducte preciós d'intimitat. Com havien canviat les coses!

Un tap de ressentiment

Va ser un dia d'aquells que tocava fer la visita —en Miquel això ho tenia sagrat: una visita com a mínim quinzenal i formal a casa els pares. Ells els conviden a sopar i es posen al dia de diferents assumptes. Una taula parada amb vaixella impecable i cadascú ocupant un costat marcat pel costum. Solien ser tensos, els sopars de família, però l'últim va ser el pitjor. Un xoc de trens en alta mar. L'Eva es va pansir una mica, a partir d'aquell dia, perquè va ser quan també se li van obstruir els forats de la salut mental, el lloc per on se us drena el rancor, als humans. Els forats que la feien ser una dona eminentment feliç, tapats. I així va ser com va començar a acumular ressentiment de manera malaltissa. Però no va pas provocar-ho qualsevol cosa, no. Mai oblidaria aquella visita a cals Gris, perquè va ser l'última en molts mesos per això que us dic, que la Botet ja no depurava la merda com fins aleshores pel problema tècnic amb les vàlvules de la rancúnia. Li va saber un greu definitiu, el consell que la Remei li havia donat en saber que estava embarassada:

—Avorta —li va dir a l'orella.

Que no el podien tenir, aquell nen, que eren una parella mal formada —és a dir: formada sense el seu consentiment— i que d'una unió com aquella només podrien sorgir nens horribles. Que no passava res si no tenien fills. Que la humanitat no s'extingiria. Però si el tenien, en canvi, contribuïen a l'escalfament global, causat, en part, per la sobrepoblació humana. «Som una plaga!» Al senyor Gris, en canvi, se li van entelar els ulls d'emoció:

—Serem avis? —va dir, prenent les mans de la feliç parella pel cim de la taula.

—Per partida doble, papa. —Perquè el que més agradava a l'Eva era anomenar «papa» al seu sogre, per fer enrabiar la Remei, més que res, però sobretot perquè li agradava sentir el so de les dues bilabials en repetir-se: «pa-pa».

—Bessons! Quina alegria!

—Quina mala passada, diràs! I, tu, no ets molt gran per ser mare?

—38.

—38, quines ganes... Si quasi se t'ha passat l'arròs, nena.

—L'arròs? L'arròs ens agrada covat.

—Això deu ser ara. Al nen sempre li havia agradat més aviat tirant a grenyal. Com ell, grenyal. Però 38? Noia... Ja us heu fet les proves aquelles per saber si tenen alguna tara? Els nens nascuts de mares granades tenen més possibilitats de sortir mongòlics.

—I com els hi direu? Ja teniu noms? —fa el senyor Gris per salvar la deriva agressiva de les onades.

—És massa aviat per saber-ho. D'aquí a dues setmanes ens toca visita i ens ho diran. Però jo ho tinc clar. M'agrada Bru i Clara. O Bruna i Clara. Seran nen i nena o dues nenes. No tinc nom alternatiu per a nen; si venen dos nens no sé pas què farem... Amb els noms, vull dir. Però seran nen i nena, tinc aquest pressentiment. I una amiga m'ho ha dit, em va fer allò del pèndol damunt la panxa, que si roda i roda formant un cercle és que ve una nena i si va amunt i avall com un gronxador és que ve un nen. I va rodar primer i va gronxar-se després. Una nena i un nen. Jo me la crec. Bru i Clara. Un dels dos, en Bru, suposem (esperem pel seu bé que la peluda no sigui la nena), ve amb molts cabells, és el que em provoca acidesa. I la Clara sortirà amb els cabells més fins, una mica com els seus —diu l'Eva, intentant-se guanyar la complicitat de la Remei.

—Quina bestiesa! Bru és nom de gos. Clara és nom de fleuma paralítica. I si et surt moreneta, quin riure! I si et surt rosset, bah! I tu no hi tens res a dir, nen? Li deixes triar el nom dels teus fills sense prendre-hi partit? Que no saps que, a casa, als primogènits se'ls posa Miquel i si és nena tria la mare? Tria tu el nom del nano, almenys, no? Que es digui Miquel! Miquel Gris.

—Miquel Gris Botet —fa l'Eva, en veu alta, per sentir com sonaria el nom complet proposat per l'harpia.

—Miquel Gris a seques. A la majoria de països civilitzats només fan servir un cognom, el del pare. I quan es casen, el del marit. Un.

—Això no és Amèrica, senyora Remei.

—No em diguis senyora, que fa vella!

—Però, senyora Remei, que serà àvia! Si no comença a pair que li diguin senyora, amb l'edat que té, com ho portarà quan, amb tota propietat i sense cap malícia, algú li digui àvia, iaia, baba...

—Li tallo la llengua i tot el que li pengi, al fill de puta que em digui iaia! L'hi tallo i me'n faig unes arracades!

—Mare, tranquil·la... —diu, el senyor Gris, procurant aturar-la.

—L'hi tallo i ho passo per la paella abans de menjar-m'ho per sopar i escopir-los les restes a la cara de desgraciats que se'ls quedarà quan s'adonin que aquells tendrums mastegats i escopits per aquesta iaia són els seus collons, les seves orelles, el seu nas, les seves miserables pelleringues que ja m'imagino que no tenen gust de res! Que no valen la pena.

—No valen la pena. En això té raó. No cal sulfurar-se, Remei, que no li va bé.

L'Eva i la Remei es miren el fons dels ulls, intentant trobar un recòndit punt de dubitació en l'altra. El punt on entrar a matar i sentenciar la conversa amb una victòria. Han tibat un raig elèctric entre les dues mirades. Seria perillós passar pel mig d'aquesta alta tensió i, com que en Miquel ho sap, pregunta des de la distància:

—No estàs gaire contenta, eh, mama? —Es veu que en Miquel ho havia deduït pels comentaris, que no estava gaire conforme amb la bona nova.

—Que sí, maco! Ja sabeu que soc molt de la broma, jo... Així esteu embarassats?

—Així tot era broma?

—Tot. Que no soc tan bèstia, què us penseu? Ja sabeu que m'agrada veure la cara que hi poseu... Sempre hi caieu de quatre grapes!

—Amb això no es fan bromes. Amb tot es pot fer broma, amb això no, Remei —fa l'Eva.

—Ui, si que deu ser veritat que estàs prenyadeta, estàs a la que salta! Va, missatges positius: per més tarats que surtin, la meitat d'ells serà un Gris (esperem que el percentatge superi el 50%, pel bé dels nens). Si s'assemblen mínimament a tu quan eres petit, no tindreu absolutament cap problema... Eres tan, tan, tan, tan bon nen...

—Mama, no comencem...

—Bah! Si t'agrada que ho recordi. T'he explicat, noia, com n'era d'obedient, el nostre fill, quan era petit? —fa ella, mentre pessiga la galta del seu fill, del que sempre serà el seu fill, del que sempre percebrà portant bolquers sota els pantalons.

—Sí, unes quantes vegades.

—T'he explicat la vegada que es va escapar al bosc i va tornar l'endemà amb la cua entre cames? L'única vegada, una de les poques, vaja, que va anar a la seva.

—Sí, me la va explicar el seu marit, aquesta, ja fa temps. Per les notes. Tenia por de vostès, que el renyessin.

—Aquesta no, et parlo d'una altra vegada. Durant la seva infantesa va executar dos actes de rebel·lia. Aquell i aquest que t'explicaré.

—Mama, no cal, de veritat —replica en Miquel, un punt avergonyit.

—Que sí que cal! Sempre cal que aquesta noia sàpiga més de l'home amb qui s'ha casat. De l'home que ara li farà de pare de la seva prole: en Miquel Gris Rosa. I que sàpiga més de la mena de família que som.

Els va dir que si volien fer-ne una, de família, havien d'aprendre el valor de treballar junts, de compartir objectius comuns i saber renunciar a coses seves quan fes falta, quan algun membre tingués un objectiu més alt que el d'un altre. Que la família, els va dir, era molt més que el simple fruit d'un matrimoni qualsevol, que era un eixam silenciós que viu dins les parets encerades d'un rusc impenetrable (o una cosa així).

—Tant se val la casa que tingueu si no és la vostra fortalesa! La família, la família és el més important! Més que tu i que jo, és la base de tot. Del món sencer: heu sentit que si ens carreguem les abelles, el planeta se n'anirà a la merda? Que ens extingirem?

—Ara parlem d'abelles?

—Parlem de família! Som abelles, nois, abelles de les de

tota la vida. Pol·linitzeu el món amb aquesta idea: la família passa per damunt de tot.

—De les altres famílies també? —fa l'Eva, fent-se grossa.

—També. La història que t'explicaré n'és un exemple, d'aquesta fortalesa nostra. De com els Gris superem l'adversitat perquè entenem la vida així. Aquesta facècia és de quan en Miquel era petit i es va escapar.

* * *

L'Eva avorria les visites a cals sogres, sobretot perquè sovint acabaven explicant les mateixes històries de genolls pelats, braguetes obertes o entremaliadures innocents del seu pobre fill. Era l'esport nacional en aquell territori. Aprofitar els sopars per treure draps bruts del Miquel i fer-lo sentir petit, petit... O potser no, potser simplement els feia gràcia recordar-ho, fent-se creus del temps que havia passat des que en Miquel havia protagonitzat aquelles històries. I llavors se sentien grans, més grans del que voldrien reconèixer. Que havia passat mitja vida des d'allò i que el temps, implacable, els havia canviat el nen per aquell home que ara s'estava davant seu fent cara de circumstàncies.

L'Eva i en Miquel callaven i escoltaven, pacients, que pels pares s'ha de fer de tot, que ells prou que n'han hagut d'aguantar per nosaltres, desagraïts. Escoltar les històries dels pares que ens deixen en evidència davant la parella, per exemple, és un d'aquells actes d'amor filial que no s'han escrit mai en cap manual, però que penso que s'hauria d'escriure algun dia: «gripaus que t'has d'empassar pels teus pares i a callar». Posar bona cara, atenció, de tant en tant ruboritzar-se i elevar sistemàticament la mirada a l'infinit, que és on viu estirada, sempre estirada, la santa paciència que no ens abandona quan estimem l'interlocutor que ens ha vist créixer.

Però aquella història que la mare del Miquel estava a punt d'explicar l'incomodava especialment. Va intentar dissuadir-la amb un parell de mirades de pietat animal, però no van fer efecte. La dona començava el relat i ell abaixava la vista perquè no entenia quin sentit tenia treure aquell tema el dia que els havien comunicat que serien avis. Que haurien d'haver-se posat contents i prou, però la família, ja se sap! Això és una veritat com un temple: cada família és un món.

«Un panal de rica miel»

—Hi havia una vegada un nen que va néixer del ventre d'una dona que no va ser la seva mare —comença a relatar la senyora Remei, amb musicalitat folklòrica.

—Mama, això l'Eva ja ho sap... Ja li vam explicar, en el seu moment, que vaig sortir d'una mare de lloguer.

—Hi havia una vegada un nen que va néixer del ventre d'una dona que no era la seva mare, he dit. Era una dona fecunda, evidentment, que per això la van triar, la muller i el marit, la llavor del qual prosperava dins la jove dona fecunda.

—Fèrtil i bonica —va afegir el senyor Gris—. Tenia uns pits, fill meu, la teva mare postissa! (Uns de veritat.) Unes cuixes, no et pots pas imaginar l'alegria que vaig tenir el dia que es va presentar a casa, amb el retall de diari a la mà: «Panal de rica miel busca flor para polinizar. Tenemos abeja reina y aguijón. Absténganse moscardones.»

—Calla, Ramon, que ho estic explicant jo! Sí que era bonica, però no la vam pas triar per això.

—Dona, una mica sí...

—Una mica res! Que era un ventre i punt. Una assistent de gestació. Si l'hagués pogut fer vestir de vermell i posar-li una còfia blanca al cap hauria estat ideal. Però no va deixar fer-s'ho. El servei està fatal, avui dia. No sé quin problema té el jovent amb els uniformes; si, al cap i a la fi, tots van vestits iguals! Només es tractava d'anar vestida amb un mínim de decència, tu ja m'entens, que, finalment, s'havia d'estar a casa nostra durant l'embaràs.

—La vau fer quedar a casa vostra durant l'embaràs?

—Tu diràs! Què volies, que la deixéssim anar a la seva amb el bombo, el nostre bombo? Havia de portar una vida ordenada, la vida que hauria portat jo si hagués pogut concebre. Ella va acceptar-ho. No tenia família, saps? Ni un entorn proper, proper d'aquells que et troben a faltar si desapareixes durant nou mesos. Va portar una vida regalada durant aquell temps, no et pensis. Casa de franc, menjar de franc, i quin menjar! Li fèiem dur una dieta equilibrada en nutrients i bistec de poltre cada dia. Hi crec molt en la carn de cavall. Jo hauria menjat bistec de poltre cada dia, si hagués pogut concebre. Ella em feia escarafalls a aquella carn, tu creus? Que és la millor cosa animal que una persona es pugui endur a la boca! Li feia fàstic, que es veu que la senyora era vegetariana (que ho havia estat fins al moment de signar el contracte amb nosaltres) vegetariana! Quina gran i immensa ximpleria! Si Déu nostre Senyor hagués volgut que ens alimentéssim de naps, cols i herbes, tu creus que hauria posat animals sucosos a la creació? Animals amb els seus lloms i relloms, amb els seus entrecots, costellams i culates...

—És evident que Déu és carnívor, senyora Remei, és evident...

—Ho dius amb segones, nena?

—Ho dic perquè les més grans carnisseries s'han fet en nom seu! Vist l'estat de la humanitat, és evident que a Aquell li agrada la sang i el fetge...

—Déu és savi, completament savi i, per això, a banda d'omnipotent i omnipresent, també és omnívor: s'ha de menjar una mica de tot.

—I Déu digué: «S'ha de menjar una mica de tot.» És a Proverbis, això?

—Això ho diu el sentit comú! T'estic explicant la història de com el meu fill es va escapar de casa i això només n'és la introducció. No em facis perdre el fil, que poc que costa perdre el fil amb tu, embolicadora!

—Embolicadora, jo? Si és vostè que hi ha posat Déu pel mig!

—Sempre hi és al mig! Al mig de tot!

—Ja hi deu ser! Mireu com posa pau... Deies allò de l'uniforme, estimada... —fa el pare Gris, amb to sacerdotal.

—Sí. Li vam fer posar uniforme, a la noia. Un pèl calorós, ho reconec, però a casa, a banda de totes les comoditats que altrament ella no s'hauria pogut permetre, també teníem aire condicionat. Així que no li va costar pas tant, aguantar aquell estiu amb una indumentària com la que li vaig dissenyar. Un vestit de roba sense gaire caient, més aviat vellutada, recollida amb una llaçada discreta sota el pit, perquè la panxa pogués botir-se-li amb comoditat. Màniga llarga, escot a la clavícula, ni més amunt, que li hauria resultat incòmode, ni més avall, que hauria estat indecorós. Et recordo que hi vivia el meu home, en aquella casa, i els homes, ja se sap... L'escot fins a la clavícula i la còfia blanca que ocultés aquells cabells rinxolats i rossos que, quan es va presentar, duia deixats anar com una serp.

—Aquells cabells... encara els recordo, Eva! —va reblar el senyor Gris—. Els portava a un costat, de manera que deixaven veure un coll llarg i blanc, com el d'un cigne! Li baixaven per damunt l'espatlla esquerra, era l'esquerra, ho sé, perquè a la dreta hi duia un tatuatge, un petit arcàngel, un nen, unes ales barroques, una espasa d'Artús... Els cabells, daurats a flocs i alternats amb altres tons de la llum del Sol en altres rínxols que s'hi trenaven tot aconseguint la textura d'un tapís luxós, li queien, Eva, retorçant-se-li fins al bell mig dels pits, turgents i delators de la seva joventut. Encara recordo aquells cabells rossos, filla...

—Cabells deixats anar sense cap gràcia, però amb tota la mala intenció del món, deixats anar com una puta serp, recargolada i verinosa, tu ja saps de què et parlo, nena, que tens malícia i segur que t'has pentinat així, alguna vegada, per entabanar el babau de torn. Li vaig posar una còfia. I van quedar-li els cabells a sota, així no s'havia de pentinar. Així no els hi vaig haver de tallar, hauria estat un gest cruel. I la vam tractar com una filla, com la filla que m'hauria agradat tenir si hagués pogut concebre. Una dona entregada a les tasques de la llar, això li hauria ensenyat a la meva filla. Que sabés fer una mica de tot. Que no li fes falta servei perquè ella sola podia mantenir la pulcritud d'una casa, de qualsevol casa. Sempre li deia: «Vanessa, si fas això sense criades, imagina't el dia que te'n puguis permetre alguna. Has de viure per servir els altres i arribarà el moment en què tot això et revertirà en un gran goig. La netedat de l'entorn on viuen aquells qui estimes, la seva sacietat d'estómac i d'esperit, la seva tranquil·litat a l'interior d'una casa que els recull i els protegeix del mal del món només tancant les portes... Tot, tot serà gràcies a tu i estaran amb deute amb tu per sempre més. Només així t'erigiràs com a senyora de les seves vides.» Una cosa així li deia. Però que ella entengués que allò eren unes pràctiques de maternitat, de feminitat que manté la bona societat catalana i universal, que no ho havia de posar pas en pràctica amb nosaltres. Que aquella no era la seva família ni ho seria mai. Que, havent parit, pararia la mà i es retiraria, havent-nos cedit el nostre fruit del seu ventre i ben agraïda per tot allò que jo li havia ensenyat. M'havia proposat fer d'ella una dona de profit. Que tenia algunes aptituds. Físicament, tal com el meu home t'ha apuntat, era una noia bonica, com se sol dir. Tenia les faccions equilibrades, una proporció raonable entre els membres, uns ulls de color d'avellana gens estridents i la boca molsuda, però sense arribar a ser escandalosament molsuda. Les dents un punt desviades i esgrogueïdes de beure cafè i fumar, vicis que li vaig saber rectificar oportunament des del moment zero de la gestació. Ni un cigarret ni un gram de cafeïna va córrer més per les seves venes. Li vaig pagar una bona ortodòncia, ja sé que el grau de correcció de la seva dentadura no afectaria per res al nostre fetus, però soc de bona pasta, què vols que et digui. Només volia fer d'ella una dona un punt més brillant i presentable. Que un cop sortís de casa nostra, mesos després, florís com un capoll havent-se covat dins les atencions d'un hivernacle amorós com les que va tenir a casa. Però les seves dents... No suportava aquells canins massa desenvolupats amb què va arribar. Quan somreia o quan deixava la boca mig entreoberta, cosa que feia cada vegada que escoltava algú que li parlava, les puntetes punxegudes dels seus ullals es deixaven veure entre els llavis. Feia ràbia.

—Tenia una boca preciosa, això eren manies teves, Remei. La noia no hi tenia cap problema a la boca.

—Que es poden vendre els cavalls, si tenen una mala dentadura?

—La gent no mira les dentadures dels cavalls, avui dia, amor meu.

—Doncs mira, jo sí. Una bona dentadura és important per anar pel món. Diu molt de la personalitat de cadascú. Unes pales separades indiquen lascívia, com la Madonna. Si són massa grosses, grosses de conill, indiquen que et falta una bullida. O dues. Recordes el fill dels Gamis? El recordes? Un espardenyot amb dents de conill. Uns ullals massa punxeguts, com els de la noia, només volen dir maldat. L'emparenten amb les feres salvatges de l'Amazones, felins sense pietat que mengen xais i gaseles. No en volem d'aquests, a casa! No n'hem volgut mai. Qui vol exposar-se al perill? Qui és tan estúpid que té un tigre, un puma, un xacal de mascota?

—Un xacal no és un felí, Remei —fa l'Eva, exhibint els seus coneixements de biologia.

—Un xacal té ullals punxeguts com un gat. Per tant, és un felí.

—Dels ullals se'n diuen canins. Els xacals són gossos, no gats.

—Els xacals són uns fills de puta! A la noia li vaig pagar ferros per corregir aquella dentadura. Em feia posar nerviosa. I el més important per tenir una gestació tranquil·la és que l'entorn estigui en calma, sense predadors i sense por amargant. La por és tot el contrari de la pau.

—No era la guerra?

—Ni iri li guirri? —fa la senyora Remei, escarnint la seva jove—. I què et penses que és la guerra? És por en estat pur! Por i idiotesa. I la maneguen quatre homes amb ullals que fan matar-se centenars de milers de soldats amb les pales grosses. I anar morint dentalluts a les trinxeres! Esclaten en mil bocins per uns aires ratllats de bales i metralla! Només en quedaran les dents per reconèixer les seves restes... La por és tot el contrari de la pau, nena. I les dents són importants, ja ho veieu.

—Bé, mare... Bé, carinyo. Ja heu parlat una estoneta. Nosaltres hem de marxar que tenim coses a fer, oi Evi? —Evi és el nom en clau que en Miquel fa servir per avisar l'Eva que està en *defcon2*.

—Que marxeu? Si no he acabat! Li vam ocultar, a en Miquel, que havia tingut una altra mare. Una de temporal, la noia, la Vanessa. Però què volíeu que féssim? Presentacions? Era evident que a cap nen li convé saber aquestes coses. Dues mares, on vas a parar! Quin embolic! Un nen ha de tenir un pare i una mare, i llestos. Aquest ha de ser el seu origen i el seu medi. Una família amb pilars binaris heterosexuals, és clar.

—És clar —diu el senyor Gris, amb cert aire de mofa.

—És clar! —respon la senyora Remei, tota indignada—. Heterosexuals i de la mateixa raça! Ni barreges ni merdes! Tu, per exemple, tot i ser així («així» és com es refereix la senyora Remei a l'epidermis plena de pigues de la seva jove) ets blanca per sota. Caucàsica. No n'hi ha dubte. I per més poc adequada de complexió, edat i caràcter que et trobi, així, sexualment i ètnicament, fas bona parella amb el meu fill.

—Carai, remei! No pensava mai sentir-li dir aquestes paraules! Bona parella! Aviam, pot repetir-ho, sisplau?

—Ni t'ho pensis! No treguis les meves paraules de context, Eveta. —Així era com es referia la senyora Remei a l'Eva quan tenia ganes d'arrencar-li els ulls amb una cullera—. No li vam dir, a en Miquel, que aquella noia l'havia concebut en lloc meu, hauria estat un xoc per a ell. I jo no hauria pogut controlar la seva reacció. He comprovat que tot el que s'escapa del meu control agafa rutes poc desitjables o és un autèntic desastre. Per això ho vaig supervisar tot, des que aquella noia va creuar el llindar de la porta de casa per presentar-se, feta una completa noia vulgar, fins que va tornar-lo a creuar, mesos després, convertida en la millor de les seves versions. L'emparellament el vaig supervisar.

—Sap que això s'ho podien haver estalviat, oi? Que hi ha una cosa que es diu «fecundació in vitro»...

—Ramon, què diu l'Eveta?

—Coses modernes, Remei. Fa vint anys això no existia.

Segur —diu el senyor Gris, mirant cap a una altra banda (la d'on es mira quan es dissimula).

—Això no existia. Segur. Vaig supervisar la còpula, dic. Va ser una unió ràpida, a l'estil del Ramon. I la Vanessa va tenir la seva primera falta puntual com un rellotge. Que orgullosa que n'estic del meu Ramon! També vaig supervisar cada progrés de la noia en la gestació, els seus estats d'ànim, les seves dolències. Tot ho intentava apaivagar amb cultura. A una noia amb poques llums com ella, cultivar-la una mica li donaria un punt més d'esplendor, la pàtina d'intel·ligència per enamorar algun home amb estudis que la volgués després d'allò. És que jo li volia bé, com t'he dit. Així que ens assèiem plegades vora la finestra quan acabava de fregar terres i fer bugades; tampoc li portàvem gaire feina, no et pensis, que som dues cuques. Quan no tens fills, no embrutes. Quasi no havia de fer res. Rentar quatre plats; fer els llits; rentar la roba, els terres, els marbres de les parets, els llistons de les persianes (això ho feia molt bé); tenir cura del jardí i la piscina, de la llar de foc, d'anar a comprar i de cuinar; també planxava (això ho feia fatal, pobreta, però sempre vaig ser indulgent amb ella en aquest aspecte; mai una mala paraula sobre a la qualitat del seu servei que, ben mirat, era un exercici subsidiari al principal per al qual havia estat contractada). No li portàvem gaire feina, com et dic. La quantitat que li calia per estar entretinguda i que es cansés en la justa mesura, que el treball dignifica i, a ella, pel que em va explicar de la seva anterior vida, la dignitat era una cosa que li feia falta. A cabassos. Però ja saps allò que diuen dels porcs, les margarides i les boques. No ho va saber apreciar i sovint es queixava de les tasques que li encomanava pel seu bé. Jovent! No saben què és l'esforç! Li anava bé una mica d'activitat, tant com el repòs després i durant la jornada. Com et deia, reposàvem amb lectures rere la finestra. Que ja sabia llegir, em deia. Que no calia que li recités les novel·les com a una analfabeta. És que no saps escoltar, li deia jo! El que has de saber fer a la vida, que és molt més important que saber llegir i fer-ho, és saber escoltar! Així que li vaig llegir grans obres de la literatura universal al festejador de la finestra. I ella va aprendre a escoltar, ja et dic que sí. I el nostre fill també les sentia. Vam llegir Austen, recordo, Austen dues vegades (*Orgull i prejudici* i *Emma*), vam llegir-ne tantes! I jo volia que es quedés amb les formes, amb la manera en què havia de pensar una dona mitjanament sofisticada de la nostra època, basant-se, és clar, en els ideals d'una altra de més antiga, una època on abundaven les dones com cal. Ella badallava com un gat i em deia que l'avorria la manera de parlar d'aquelles dones i aquells homes fifis. Fifis! Jo vaig intentar ensenyar-li la importància de la vida monòtona. La importància que les dones (i els homes, i els homes) sapiguem quin és el nostre lloc... (sobretot les que no tenen diners per pagar-se'n un altre, com ara ella). Li llegia allò perquè aprengués el valor de l'avorriment. Abans, les dones en sabien, d'avorrir-se.

—No tenien més remei! —fa l'Eva, badallant llargament.

—Si no saps avorrir-te ja pots plegar: passejades llargues en èpoques de bona temperatura, visites als veïns en carruatge, desxiframents de xarades, hores del te i dels pastissos, lectures, concerts de cambra, aquarel·les. On era la passió? Enlloc! I això és un gaudi, nena. Saber fruir de les coses senzilles, sense grans estridències, fins a la maduresa total. Això, no m'ho negaràs, és el que li convenia més a una prenyada.

Li va venir a dir que aquelles lectures eren perquè es fes un mapa mental de les riques subtileses de l'univers del temps pausat: l'avorriment, cultivar-lo, és un art, un art de viure que s'ha perdut en aquest món de bojos.

—Vaig fer d'aquella noia una cosa més dòcil i polida, crec. M'hi vaig esmerçar moltíssim i això, aquest acte de bondat que ningú dubta que era bondat pel que tenia de desinterès i bones intencions, va convertir-se en aquest fill que avui m'estima com si jo mateixa l'hagués concebut. I això també ha estat qüestió d'esforç i disciplina, per part de tots dos, no et pensis. Que ell m'estimi i jo l'estimi a ell no ha estat res natural ni senzill... Perquè, saps?, les coses poden esgarriar-se en qualsevol moment. En totes les relacions, totes. Fins i tot les que semblen més fortes, com les d'una mare i un fill. Tot va estar a punt d'anar-se'n a la merda el dia que se'm va acudir explicar-li per què no podria tenir germanets.

»—No pots tenir germanets.

»—Només un, mama. Un amb qui poder jugar! —pobret, em deia tot innocent.

»—Ja et compraré un gos —potser vaig ser massa brusca, però recordo que em va sortir això: un gos.

»—Però jo vull un germanet, mare. Per jugar i parlar...

»—És que val molts diners mantenir un germanet...

»—Mama, però si tu sempre em dius que ens surten per les orelles, els diners. El papa treballa molt. I també diu que si volguéssim podríem empaperar les parets amb bitllets de mil pessetes!

»—És que... Mira, la mama no pot tenir-ne, de nens, Miquel —vaig deixar-li anar.

»—Com que no? I jo, d'on he sortit, jo?

—Va anar així, la conversa. I li vam haver d'explicar tot.

—¿Allò dels seus cabells, dels ullals, del vestit vermell i la còfia blanca, allò de les feines de casa pel seu bé i les lectures al festejador de la finestra?

—Sí, allò també. I s'ho va prendre molt malament. Les criatures, que et surten amb uns estirabots... Es va quedar amb els ulls oberts com dues taronges, durant molta estona. Sense dir res. Recordes aquell moment, Miquel? Va ser terrible.

* * *

El nen Miquel té els ulls esbatanats com dues taronges (mecàniques). El relat sobre la seva gestació i el naixement que li ha explicat sa mare li passa rere el tel de la mirada com una pel·lícula de les que fan venir malsons. Té un imaginari breu, cosa de l'edat, però se li conjura complet en un instant de llanterna màgica: la caputxeta vermella amb dents de llop, la ventafocs i una Xahrazad dolenta, molt dolenta, i la bruixa de Hansel i Gretel, engreixant una noieta dins una gàbia. Ella treu la panxa entre els barrots en lloc del dit, en lloc d'un os de pollastre.

—Com podia amagar la panxa, pobreta mama, com podia tirar endins una panxa tan grossa? —En Miquel té els ulls esbatanats com dues taronges. Mentre se li fan petites, somriurà d'astorament automàtic i es deixarà abraçar, atemorit, per la seva «mare».

* * *

—Ja està. Algun dia ho havies de saber... oi, Ramon? Ramon, li he hagut d'explicar al nen... allò.

—Allò?

—Allò, si, a-llò...

—Ah! A-llò... Sí, fill —va fer, el senyor Ramon, connectant amb el món en aquell instant, emergint rere un munt de papers de feina—. Sí... veuràs: comprem els regals, els fem embolicar, el negre sol ser un paio pintat, però en totes les cavalcades passa, és vergonyós, però passa. Després us fem anar a dormir aviat, això és un codi no escrit que passa a totes les cases. I fem tot el paripè aquell de fer-vos deixar aigua per als camells i cava per als reis, com les mandarines pel tió, saps? El tió és una altra història inventada, que som nosaltres, com el pare Noel, la fada de les dents i els reis: els reis som els pares.

—Què?

—Que no, Ramon, això no!

—Els reis són els pares, mama?

—No! I ara! Quines coses de dir! Com vols que siguem nosaltres! Els reis no som nosaltres, prou feina tenim. —La Remei es mira el Ramon amb ganes d'arrencar-li la carcanada amb una forquilla de cargolar espaguetis—. He explicat al nen allò altre que una altra senyora el va tenir a la panxa, però que jo i només jo soc la seva mare...

—Ah! era això? Sí, rei, era una senyora de cap a peus, vols veure'n una foto?

—Que en tens una foto?

—En tinc un àlbum sencer!

—No li cal, al nen, veure fotos de la noia.

—Sí que cal, mama, sí que cal!

El senyor Ramon va aixecar-se de darrere el munt de paperassa on solia estar quan treballava des de casa, després de la feina. Hi havia una lleixa darrere seu amb un doble fons. Hi va ficar la mà i, gairebé sense mirar, només palpant les files secundàries de llibres, en va treure un. Era un àlbum de fotos, d'aquells amb el pes i la consistència d'una guia telefònica d'una gran ciutat. Unes fotos tirant a taronja estaven preses sota el plàstic, un pèl malmès, de les planes. L'obre. El mira només ell durant uns segons, com si es conegués aquell objecte fins a l'últim mil·límetre. Després l'ofereix a la mirada àvida del seu fill i a la cua de l'ull de la Remei, que, una mica més enrere, fa veure que no li importa en absolut el contingut d'aquell recull de fotos. Ben segurament, el seu home l'havia anat col·leccionant d'amagat. Ara, ves a saber per quin motiu, no li feia por reconèixer l'existència d'aquell àlbum, ni tan sols davant la seva esposa qui, durant tots aquells anys, no havia parlat mai més de la noieta que els havia permès tenir un fill i a qui va cultivar, a la seva manera, durant aquells mesos. A ell, li semblaven bé els seus mètodes, només li havia posat una condició: «La candidata la vull triar jo. Jo l'entrevistaré, jo diré qui és l'adequada.» I així va ser. El senyor Gris va entrevistar unes quantes possibles mares de lloguer, cosa que no va resultar gens fàcil, perquè no és un capital humà que abundi. Però ell n'estava segur: trobaria la persona tard o d'hora. No ho podria haver escrit millor. «Panal de rica miel busca flor para polinizar. Tenemos abeja reina y aguijón. Absténganse moscardones.» Algú que entengués les metàfores, ja hauria passat el primer filtre. El senyor Gris era un expert en selecció de personal.

La primera de les candidates no va resultar. Es va presentar una noia amb faccions marcadament orientals, que va descartar d'entrada, coneixedor de les manies que tenia la Remei amb el color de la pell. No és que fos supremacista, ni racista, ni res, però no suportava ni els negres, ni els grocs, ni els llatins; ni els indis, ni els magrebins; tampoc els nòrdics, no us penseu. Aquests no li agradaven perquè eren més blancs que ella mateixa. Ni les barreges, les barreges tampoc. Amb la primera candidata li hauria explotat el cap. La segona, si bé era bastant blanca, i que, tot indicava que era grega o italiana, no havia captat el sentit de la metàfora i va venir amb tot un mostrari de flors perquè les nostres abelles poguessin pol·linitzar. S'havia pensat, es veu, que érem una família d'apicultors benestants que buscava noves espècies per fer un tipus nou de mel. Quina absurditat! Qui posaria un anunci al diari per una ximpleria així! I, és clar, la tercera va ser ella.

—Aquesta és «Ella». —Obre l'àlbum—. Mira-te-la. És del dia que va arribar. Aquesta és feta al cap de dos mesos. No se li nota res, però ja estava embarassada de tu. Mira quins ulls i com vaig captar la lluïssor de les galtes. És un nosequè que reté la seva llum en aquesta imatge, no trobes?

—Què hi ha d'entendre, el nen, de fotografia! Passa pàgina i afanya't!

—Aquesta és del mes següent. Tampoc es nota res.

—Fa cara de trista —diu el petit Miquel, passant el dit sobre la fotografia.

—No estava trista, és que vomitava molt. Les dones vomiten molt, a vegades, quan estan embarassades, saps?

—Així, no estava trista?

—No, estava fastiguejada.

—Ah, val. I aquesta, de quan és papa?

—Aquí, mira, ho poso aquí a baix, és del dia del meu aniversari. Ella ens va preparar un pastís. De xocolata i nata. Un «selva negra».

—La meva mama sap preparar pastissos?

—Que no és la teva mama, Miquel! No li diguis així que em faràs plorar! —va dir la Remei, des de la rereguarda.

—Perdona, mama. La meva primera mama, puc dir-li així?

—No, ni primeres, ni segones, ni hòsties!

—Has dit «hòsties»...

—Ai! Perdó! Volia dir que no hi ha primeres mares ni segones mares... Jo i només jo soc la teva mare. Ella va ser una incubadora, com la capsa amb la bombeta per als pollets, saps? Com aquella capsa.

—Aquí ja se li notava la panxa, veus? —va fer el senyor Ramon, completament imantat per aquelles imatges.

—I sempre anava vestida així?

—Sempre.

—Fa cara de trista.

—Que li feien mal els ronyons o tenia ciàtica o reflux o no havia dormit en tota la nit! Quina cara volíeu que fes! —va fer la Remei, amb indignació.

—I sempre fregava així, de genolls a terra?

—Sempre.

—I amb aquesta panxa tan grossa, també?

—També.

—Que valenta, la meva... incubadora...

—Valenta i bonica. Mira quina cabellera, en aquesta altra. Aquí era el dia en què et va donar a llum. Va demanar si li podíem treure la còfia per parir. Com l'hi podíem negar? Estava a punt de rebentar, pobreta. Vas trigar molt a néixer, saps? Hi devies estar tan bé, dins seu! Jo tampoc n'hauria sortit, la veritat.

—Ramon, per favor!

—Què passa, Remei! Que li estic explicant al nano com de bé ho va fer, aquesta noia, i com de bé ho vas fer tu durant la nostra gestació. Perquè va ser feina de tres, entens, Miquel? De tres! Però jo, si t'he de ser sincer, només hi vaig complir en una petita part, molt petita.

—I ràpida.

—No tan ràpida.

—Déu n'hi do, Fitipaldi.

En Miquel no comprenia algunes de les apreciacions dels seus pares respecte al tema que li estaven explicant. Només va entendre que hi havia alguna cosa que no estava bé en les fotografies d'aquella noia fràgil i manipulada, tot i que amb set anys no sabia el significat de cap de les dues paraules; aquelles fotografies només van fer que despertar en ell unes ànsies terribles d'anar-la a trobar, però encara més, unes ànsies terribles d'allunyar-se de la seva mare, aquella dona que l'obligava a fregar de genolls i a escoltar novel·les que no tenia ganes d'escoltar. No podia ser més cruel! Així que aquella mateixa nit, en Miquel, que llavors només tenia set anys, va fer un farcell amb les seves coses (un paquet de cacauets, una llanterna, una cantimplora) i es va aventurar al bosc a buscar «la meva pobreta mama», va deixar escrit en un paper al cim de la taula de la cuina. El cor li deia que, pel simple fet de buscar-la, la trobaria.

Plaquetes, oxigen i mentides

Estava segur que la trobaria. L'hi deia el cor. Però en Miquel no sabia que la sang que bombeja el cor va barrejada amb plaquetes, oxigen i mentides, entre altres elements que necessita el nostre organisme per sobreviure. El cor li deia, doncs, que vivia envoltada de natura i d'animals parlants, la seva pobra mare, una Blancaneu rossa i salvatge, que s'havia tret els ferros i s'havia deixat créixer els ullals, que s'havia esquinçat el vestit vermell deixant al descobert les dues cuixes i un pit del qual segur, segur, rajava llet amb Colacao. L'aniria a buscar i la trobaria, parlant amb els ocells, en una cabana amb porxo on viurien la resta dels seus dies. Ell pescaria i ella cuinaria i li faria aquells pastissos d'aniversari. Selves negres. Li compraria un pal de fregar, que no s'hagués d'ajupir en tota la seva vida. Què carai!, no fregaria mai més perquè a la seva mare li seria igual la netedat i no l'obligaria a fer-se el llit ni res. Seria una mare perfecta, de la qual presumiria amb els seus amics al pati d'escola. Perquè la seva mare només li deixaria anar a l'escola a l'hora del pati. Era de les que creia que els nens estaven fets per jugar i punt. Quina mare! Pensava tot això mentre es dirigia, urbanització avall, allà on s'acabava l'enllumenat, l'entramat de carrers i la presència de vida humana. Allà hi abandonaven gossos, la gent de fora del barri, pensant que alguna casa benestant s'apiadaria d'aquelles bèsties sense rumb que, amb ulls rodons i tremolosos els demanarien ser part de les seves famílies o, en detriment d'aquest alt amor, poder beneficiar-se dels seus rebosts. Però el que la gent d'altres barris no sabia era que a les cases benestants d'aquella urbanització no els agradava res fet i trobat, tot ho havien d'escollir i pagar per posseir-ho. Que ja se sap: comprar és l'acte més immediat amb què la voluntat sacia la seva fam sense fi. Com la que tenia el petit Miquel, aquella nit que es va escapar de casa, esparverat del que havien fet els seus pares amb la seva mare de veritat.

Soc l'únic d'aquesta família que veu que això no està bé?, pensava. Soc l'únic d'aquesta família que sap que ella m'espera? Si m'ho han amagat durant tots aquests anys és perquè sabien que correria a buscar-la tan bon punt pogués. Que si no m'ha vingut a trobar és perquè li han posat totes les traves del món, anava rumiant. I no anava gaire equivocat. Si haguessin pogut posar un fossar ple de cocodrils al voltant de la casa per impedir que ella tingués la temptació d'anar-lo a veure, ho haurien fet. Però les estrictes regles urbanístiques no permetien estridències arquitectòniques en aquell barri on vivia amb els seus pares. No haurien pogut construir el fossar. Totes les cases seguien un patró, segurament totes eren la mateixa casa amb petites variants, com el número de l'entrada i, en el cas dels propietaris més excèntrics, el color de les cortines que es podien veure des del carrer.

Com li tremolaven els budells al petit Miquel, aquella nit! S'havia cruspit tots els cacauets pel camí, el relaxava pelar cacauets. Quan se li van acabar ja havia caminat tres o quatre quilòmetres i es trobava enmig d'arbres retorts i sorolls que li suggerien selva. Selva negra. On era la seva mare? Per què no l'havia trobat encara? Per què no se li apareixia i el salvava d'aquell desconcert? Es va arraulir sota una alzina i va tancar els ulls, esperant que, quan es despertés, ho fes dins d'una cabana de fusta, mentre un fil d'olor de xocolata desfeta li fes pessigolles al nas. La seva mare de veritat li hauria parat la taula i l'hi serviria en una tassa enorme, gairebé de la mida d'un orinal. I li diria que bon dia, primer de tot, un bon dia amorós i musical, com si portés assajant-lo molts anys d'esma sense que ningú li respongués i que cobrés sentit, aleshores, per primera vegada en la història dels bons dies. Bon dia!, li diria. Que l'havia trobat dormint enmig del bosc, aquella nit. Que havia sabut que era ell, el seu fill, des del primer moment. L'hauria agafat en braços sense gaire esforç, que tants anys vivint a la intempèrie havien fet d'ella una dona forta. L'hauria portat fins al llit que li tenia a punt per al dia que tornés. L'hauria acotxat, com només ho saben fer les mares de veritat. Un petó al front i una llàgrima d'alegria. Hauria estat tota la nit desperta als peus del llit, mirant-se'l amb una mescla d'agraïment universal i de por particular, per si l'hi tornaven a prendre.

Però en Miquel no va trobar-se amb la seva primera mare al bosc, aquella nit. I gairebé es mor de gana, o això va percebre. Potser perquè era el primer cop a la seva vida que en passava més de cinc minuts seguits. Això sumat a la desil·lusió que el foradava per dins, mai tan profundament com aquella vegada. Va poder comparar els forats, pobra criatura: els que ens sembla tenir als budells quan tenim gana i els que ens queden a l'ànima quan li arrenquen una il·lusió. Tots dos òrgans tremolen a causa d'aquests forats, ronca la panxa, ronca l'ànima quan no l'omplim amb allò que vol. I l'ànima del Miquel volia la seva mare, la volia amb totes les forces amb què volen les coses els nens de la seva edat, empenyent la voluntat amb l'energia cega de l'emoció desbocada fins a caure rendits. Fins a adormir-se de cop, com si algú els hagués desendollat del torrent elèctric. I és que no s'apaguen a poc a poc, els nens, ho fan de cop, disruptivament. Això no ho sabeu, però un dia es descobrirà el botó d'apagada infantil i molts pares s'estiraran els cabells d'haver perdut el temps amb tantes monsergues. Al bosc. De nit. Un nen que busca la seva mare s'ha escapat de casa. Passen els minuts, les hores, dins aquella nit arbrada, i la desil·lusió creix, gairebé tant com aquella absència gegantina. I de cop es va adormir.

L'endemà es va despertar en un llit, acotxat fins a la immobilitat, i un fil d'olor de xocolata desfeta li feia pessigolles al cor. El va despertar, però era el soroll de l'espremedor de taronges que la seva mare segona feia anar cada matí per portar-li el suc a l'habitació. S'havia despertat, de nou, a casa seva.

—El vam trobar fet un manyoc sota un arbre, dormint com un liró!

—I com vau saber que era allà? —fa l'Eva, enganxada a la història.

—Seguint el rastre de cacauets, ves!

—Un clàssic...

—El seu pare el va agafar a coll i vam tornar a casa. Jo el volia despertar, fotre-li quatre crits, però no vaig gosar. Mai més n'hem tornat a parlar. Però tinc la sensació que hi va haver un abans i un després d'aquella nit, saps? Que m'estima més, que m'estima com si tingués amor per a dues mares. No sé què se li devia girar al cervell, aquella nit, però ho va fer en bona direcció.

En la direcció que apuntava cap a la mare correcta, volia dir. Escollir bé els teus orígens és de cabdal importància. I el nen Miquel va decidir que, malgrat tot, aquella era la seva família. No es veia prou gran per tornar a afrontar tanta desil·lusió de cop, la diluiria en el temps, quedant-se on era, fent de fill d'aquella dona malvada que li feia suc de taronja. L'endemà es va despertar com cada dia, de força bon humor. I es va prendre, com sempre, el suc en dues o tres glopades. És important prendre's el suc de taronja cada matí, acabat de fer, que si no perd les vitamines.

—Això diuen —fa l'Eva, adonant-se que en Miquel fa estona que no escolta el relat de la seva mare. Que mira per la finestra, enllà dels carrers, llançant els ulls a una clapa d'arbres que es veu petita, petita, molt més reduïda que no pas la recordava.

—Potser va essent hora que marxem, Eva... Ja els hem dit el que els havíem de dir. Us n'heu alegrat, oi, mare? —diu en Miquel, tornant els ulls dins de la sala d'estar.

—Ja saps que sí. Els nens sempre porten alegria a les cases! —diu el senyor Gris, prenent la paraula.

—Quasi tots els nens a quasi totes les cases —fa la senyora Remei

—Quasi tots! L'heu sentit? Per tant, família, el que la vostra mare vol dir és que tenim bastantes possibilitats que això ens passi a nosaltres! Els nens portaran alegria a aquesta casa! Que bé! —rebla el senyor Gris sense deixar espai per a cap altra puntualització amargant de la seva esposa.

L'Eva es mira el seu sogre amb gratitud. Mai havia necessitat l'aprovació de ningú per a res. Sempre havia estat el tipus de persona que, si un geni hagués de convertir-la en objecte, serviria als transatlàntics per obrir-se pas en un mar gelat, no sé com es diuen, aquestes peces dels vostres barcos, ho preguntaré. El fet és que l'Eva n'era un, d'aquests trencaglaços dels vaixells: tirava pel dret, sempre ho havia fet i no deixaria de fer-ho ara pel sol fet d'estar esperant. L'esperança, la tendresa, l'exposició, la por, l'emoció tamisada amb altres pólvores corporals, no la canviarien en res. Tres cors bategant dins seu no li feien perdre el compàs del principal, el que anava davant, el seu. Sístole, diàstole fins que li digués prou, i continuar vivint. La maternitat no canviaria a l'Eva Botet. Però necessitaven comunicar la bona nova als seus pares, fer extensiva la seva alegria, i malgrat que alguna cosa els deia que a la Remei no li agradava gaire l'assumpte, s'obririen pas entre el gel.

En Miquel seguia l'Eva en totes les seves decisions, ho havia fet des del dia que la va conèixer i no canviaria pas pel fet d'estar esperant. A ell gairebé res no l'espantava, la paternitat no l'espantava. Tampoc s'havia afeblit ni un pèl el dia que ella se li havia plantat davant la seva vida sense rumb i el va portar fins on són ara, endavant, endavant d'on eren. Junts. I se seguirien l'un a altre, caselles a través d'aquell gran tauler que semblava no tenir límits per a ells.

En Miquel agafa l'Eva per l'espatlla mentre passen el llindar de la porta. De sobte s'atura. I es gira cap a la seva mare:

—Només per curiositat. I què se n'ha fet de la noia que em va incubar?

—La veritat? No n'hem sabut re més, però espero que tot li vagi molt bé. Que hagi tingut els seus propis fills.

—Potser a ella li farien il·lusió, aquests nets... —fa l'Eva, posant-se la mà a la panxa i imaginant els seus fetus, fent botifarra a la seva àvia postissa.

—Dues sogres, carinyo? Estaries arreglada! —deixa anar en Miquel, en una d'aquelles afirmacions que no esperen contesta.

I tots quatre estiren un somriure ple d'espines. I les ferides queden ocultes rere les dents brillants d'aquella simpàtica ocurrència. Dues sogres! Li ha anat bé per fintar l'embranzida mordaç d'arma blanca. Comparar-les. L'Eva és una reina navallera, quan vol. I calia acabar la trobada amb somriures, s'havia promès que aquella trobada acabaria amb somriures i és el que estan fent, tots quatre, riure molt.

Pel carrer passen uns veïns, que els veuen enriolats a la llinda de la porta d'entrada, acomiadant-se del fill i la jove.

—Serem avis! —crida el senyor Gris als senyors Blanch, amb gran entusiasme.

I ells somriuen d'esma també en percebre la felicitat dels altres, que se'ls encomana com un badall per uns instants. Fan un gest d'aprovació impostat i giren cua cap a la seva propietat, just a l'altra banda del carrer. Els veïns del senyors Gris descarreguen les bosses del maleter i entren a casa. Comenten que la noia, Eva es diu, sembla més gran que ell. Que té una mirada inquietant, no saben dir per què. I que, de perfil, ben mirat, ja se li nota la panxa. Que potser ho han dit als sogres quan ja no els quedava més remei, que avui dia i sempre s'ha de ser prudent amb aquestes coses. Que fins que no ha sortit, no s'ha de dir gaire. Que és gairebé pecaminós celebrar la vida abans que neixi, que és com temptar la sort i, a més, mai saps qui està privat de la gràcia de la fertilitat, qui pots estar ferint amb l'esclat de la teva alegria. Que val més callar i no dir res. Que què s'han cregut, tenir nets abans que cap altre. Que què s'han cregut. Al barri de cases rectilínies i uniformes es comencen a encendre els llums. Tot és en calma. Un gos udola al mig del bosc perquè ningú ha tingut pietat d'ell i els altres gossos de les cases, els escollits, criden automàtics la seva llibertat domèstica, el repliquen com un gran eco en marxa que no deixa dormir ningú en aquell barri de senyors instal·lats en una fastuosa calma.

Un any després

L'Eva és al parc amb el cotxet dels bessons. Els nens dormen profundament i ella es relaxa mirant el vaivé quasi imperceptible de les copes dels arbres.

—Moveu-vos, he dit, moveu-vos i jo seré la primera a veure-ho... —(A l'Eva li fan il·lusió unes coses ben estranyes quan està relaxada). Però els arbres semblen ignorar-la, no moure's expressament o, el que és més probable: acompleixen la mena de voluntat pròpia de la seva espècie, només la d'estar plantats a terra per viure, que ja és molt, si ho comparem amb algun dels vostres, que això ja és molt també, tenint en compte els llocs (precipicis, boscos costeruts) on els ha tocat ser, als arbres que no es mouen d'on els ha tocat viure.

—Moveu-vos, he dit, esteu a punt de fer-ho, ho sé.

Un desmai li aguanta la mirada. La finta subtilment, com només sap fer la gent tristoia. L'Eva és tossuda, però un altre instint la crida. Un de més fort que l'obcecació per dèries absurdes, que li hauria dit: «Has de fixar-te si els nens respiren.» Així que desvia l'atenció de les copes per posar-la damunt dels pits llevadissos dels nens: dormen a fons, respiren a fons. Dos alens... Per força han de moure algun ínfim corrent d'aire que surti dels seus narius petits, petits i es projecti parc a través, en direcció a les copes dels arbres. Deu ser això, d'aquí deu venir la brisa lleu que l'acarona. I el desmai es mou.

—Ah! Us he vist! —fa l'Eva, havent-se guanyat, una vegada més, una de les seves absurdes apostes amb si mateixa, sense fer trampes.

Mentrestant, ningú els torba el moment de pau, ni als nens ni a ella: cap altre nen cridaner, cap bot atzarós de pilota, cap altra mare, pare, àvia o cangur preguntant-li que com s'ho fa per criar tota sola aquells nens tan petits. Mirant-se'ls de fit a fit. Mirant-se-la, a ella, després. En Bru i la Clara dormen, el parc és en silenci i el respatller del banc on està reposant se li acobla a la perfecció a les lumbars. S'ha descalçat per sentir el tou de l'herba sota els peus. La brisa que no sap d'on ve, encara l'amanyaga com ho fan els humans al cap dels seus animals domèstics. Potser és la brisa que es calma amb els seus cabells, no sabria dir-ho. Una per l'altra. I sospiren tots tres alhora, mare i fills, agafant aire d'aquest moment que els protegeix dins una estranya bombolla de temps. L'Eva és al parc amb el cotxet dels bessons i tot seria perfecte si no fossin les tres de la matinada.

—Què hi fots aquí? —li diu la Remei des de dins de l'orella—. Què hi fots, aquí, tros de soca?

—No dormien. Hem sortit. No fa fred, aquí sempre s'adormen. Nit i dia. No sé què té aquest lloc que sempre s'hi adormen.

En Bru sembla que es desperta amb el crit d'un gavià. L'Eva li gronxa el cotxet i calma les temptatives de l'infant.

—Non-Non, Bru-uh, que ja ve la son. Dorm, fillet, dorm, que ja ve la son...

—Quina merda de cançó de bressol, per favor...

—Alguna proposta? Perquè si ha de criticar tot el que faig, valdria més que callés...

—Si fessis les coses com Déu mana, callaria. Però no és el cas. Que et penses que no m'agradaria descansar, a mi? Si cantessis una cançó com les d'abans, potser sí que s'adormiria. Ens adormiríem tots tres, bessons i jo...

—Miri, si el seu altre barri ha de ser el meu cap, si ha decidit que això sigui així perquè és una torracollons imperial, fins i tot amb els designis de la naturalesa, potser que aporti solucions. Sigui un punt més constructiva, Remei. No li agrada la cançó? No li agrada. Què proposa?

—La clàssica. Si els cantessis la clàssica i no aquestes *petardades*, se t'adormirien millor. En castellà, perquè prestin més atenció. Sempre té un punt més de regi. És l'idioma de les coses serioses. Deixa les llengües vernacles per a la intimitat, com fa la gent ben educada.

—Una cançó de bressol és la cosa més íntima que es pugui trobar! I es canta amb la llengua de la mare.

—Bah! Apunta: «Duérmete, niño...» Comença clar i precís. Un imperatiu seguit del nom a qui va dirigit l'adagi: *el niño* a saber: ell. I el nen ja aixeca dues orelles de pam, d'aquesta manera. Si tu li dius, «non-non»... què collons vol dir «non-non», res! «Duérmete!» Per això els entabanem amb cançonetes. Que s'adormin d'una puta vegada.

—Non-non, Remei, vol dir «dorm, si us plau» en idioma de l'amor de la mare...

—Bajanades! Als nens no se'ls ha de demanar si us plau! Cortesia amb l'enemic? On s'és vist? T'has d'imposar! Les coses s'han de dir pel seu nom. Apunta, que no apuntes: Què, qui i com et passarà si no fas el que diu la cançó: «Duérmete, niño, duérmete ya» (o sigui, dorm ara, nen dels collons) o, (i aquí entra en escena el que marca la diferència amb la merda de cançons de bressol que feu avui dia)... «vendrá el COCO y te comerá!».

—Em nego a cantar-li aquesta cançó. Sempre l'he trobat terrible. A més: qui és el coco?

—A tu què et sembla? L'home del sac: els esbudellarà, els fotrà dins la bossa de ràfia que durà al cim de les espatlles i se n'anirà a la seva cabana de fusta, al mig del bosc, a menjar-se'ls. Crus o volta i volta, «tataki» en dieu, els modernets, oi? Té les dents afilades, no li caldrà coure'ls gaire. Això si no dormen. El coco.

—El coco, el coco! El coco pot ser moltes coses. A la meva època en Coco era un personatge de Barrio Sésamo! Blau. Pelut. Ulls de pilota de golf.

—I menjava galetes com un pertorbat!

—No, no menjava res, aquest que dius era el monstre de les galetes. En Coco no menjava galetes, no menjava nens, no menjava res!

—Segur que sí, quins noms de posar a un ninot, no? Devia ser l'home del sac. Encobert. L'home del sac, et dic!

—Aquest se'ls enduia. Per això portava el sac. Si se'ls hagués volgut menjar, hauria portat una olla... L'home de l'olla. L'home del sac se'ls enduia.

—I se'ls menjava.

—Se'ls enduia i prou! Vostè i els de la seva generació, que tenen la ment bruta! Que no n'hi ha prou que se t'emportin? Fa cagar de por!

—Però és més efectiu que se t'emportin i se't halin. El meu Miquel sempre va dormir molt bé. Era cantar-li la cançó i adormir-se a l'instant.

—Mort de por, Remei, feia veure que dormia, que m'ho ha dit. Ho feia veure...

—Fins que s'adormia! Aquesta era la finalitat! Ho entens? No calmar-te a tu, cantant (per això canteu, les mares d'avui, per calmar-vos vosaltres i, de passada, el nen). Egoistes! Amenaçar de mort abans d'anar a dormir va molt millor, creu-me. A més, ho fas per ell, no per tu, directament. Els nens primer, després tota la resta. Has de tenir prioritats. Perquè ja les tens clares, les prioritats, oi? Els nens primer, després tota la resta. I després de tota la resta, tu. I et diré un secret amb això de la cançoneta: ell no n'és conscient, però tu alliberes moltes tensions. Ja ho veuràs, fes-ho. Canta. Canta-li això. Que senti els passos de l'assassí de nens, que senti el teu gust per donar-li aquesta informació. Que tu ets la mare i l'adverteixes del perill. T'agrada fer-ho perquè l'estimes. Quina mare no ho faria?

* * *

Un gavià sobrevola el parc a aquelles tres de la matinada. L'Eva bressola un cotxet amb el peu mentre se'l mira. Demà ell i els seus companys es barrejaran entre la gent al capvespre, i tafanejaran les papereres buscant alguna resta per dur-se bec endins. S'ho menjaran tot. També el que fa esgarrifar que un ocell es mengi, com ara un altre ocell. S'acostaran, potser, a algun de vosaltres fins al que semblarà companyonia, però us he d'informar de què pensen, ho heu de saber: si no tinguéssim els ulls tan ben enganxats dins les conques també se'ls menjarien. Els gavians sobrevolen el parc i davallen descarats arran de terra. Criden com un nen vell en la nit que han perdut la por als homes. Un d'ells desperta en Bru definitivament. L'Eva l'insulta en llengua vernacla. Pren el nen entre els braços i li xiuxiueja a l'orella que dormi, amor seu, si us plau, sense que sembli una ordre, sense parlar-li de monstres, ni membres escurats per dents humanes esmolades com un ganivet. Tornem a casa, els diu. Tornem a casa, vides meves. Demà ens espera un dia complicat.

Un dia complicat

Dues vacunes. Les havia de tenir a punt, en fred, poques hores abans d'anar al pediatra perquè la seva infermera els les injectaria a la cama. Una per a cada un, és clar. Encara que la pobra Clara feia l'efecte de necessitar-les més, tan petitona com era. Sempre semblava necessitar-ho més tot, les mirades dels altres també, perquè quan la portava a passejar, tot ho acaparava en Bru, tan gros i ben fet, peixat com si ja tingués tres anys. Un autèntic nen, d'aquells que ràpidament la gent els passa a dir «nano». «Nano» perquè fa més gros que «nen». A en Bru, ningú li hauria posat l'estatus de bebè o d'infant, ja acabat de sortit de l'ou li deien: «aquest nano». I la Clara, la Clara era un nadó convencional, d'aquell color de cabells que té el seu pare, el que tenen la majoria d'habitants de la península: marró catxumbo tirant a negre. I uns ulls rodons, com tots els nadons. I un nas que suqueja i una boca de nina i una pell blanca, de vamba nova que ningú ha gosat estrenar. Així era la Clara, sortida de la fàbrica dels nadons que té tothom. Potser algú la miraria de prop i li descobriria la gràcia que la fa ser diferent a tota la resta —aquells ulls heterocroms que havia heretat de l'Eva—, però amb el seu germà sempre al costat, la Clara només era l'altra: totes les mirades eren per al nadó més gran, que ho era per haver nascut cinc minuts abans que ella. El gran. Al gran que li tocava tot primer, les coses dolentes també. Així que primer el vacunarien a ell, que la Clara veiés que no passava res, perquè estava segura que no ploraria, aquell petit homenot. Donaria confiança a la seva germana i li endinyarien a ella després. L'Eva se centra en el sacsó de la cuixa d'en Bru, aquell centímetre quadrat on l'agulla s'obrirà pas, que no plori gaire, sisplau. Que no et faci mal, fill meu, pobret, quin greu, és pel teu bé.

—A la cama? —fa la Remei, trobant una pega absurda per començar a engegar la torradora d'ous que porta de sèrie. Podria portar una rentadora, una assecadora, un rentaplats. Li hauria anat bé a la seva jove, per a les tasques domèstiques que se li multiplicaven amb els nounats, qualsevol d'aquests electrodomèstics. Però no. La sogra morta que duia dins el cap només portava una torradora d'ous. Era d'esperar, però mai se somia prou gran, diuen.

—Sí, a la cama, es fa a la cama.

—Les injeccions es fan a les natges del cul, al braç. Vas veure la rodanxa que duia al braç? La de la verola.

—És igual, Remei, la qüestió és que els hi posin, els nens han d'estar vacunats i punt.

—N'hi ha que es moren, de les vacunes. Ja ho saps? Això no ho expliquen. Però n'hi ha casos, molts més dels que et penses.

—Espero que no es morin —fa l'Eva, cordant els nens a les cadiretes del cotxe direcció a la farmàcia.

—Esperes bé, molt millor córrer aquest risc que tenir dos empestats que escampen pestes humanes pel món. És una falta de respecte cap a la resta de la societat no vacunar els teus fills.

—Que cadascú faci el que vulgui, només faltaria! A més:

primer la família, no havíem quedat així? Aquesta va ser una de les últimes converses que vam tenir quan m'enraonava com ho fan les persones normals...

—I com es parlen les persones normals, si es pot saber?

—Des de fora, coi! Vostè a fora del meu cap i jo a dins. Només jo! —diu l'Eva, ofesa per haver de fer-li l'aclariment a aquelles altures. El cinturó d'en Bru se li resisteix.

—No et posis nerviosa, nena. Has d'estar tranquil·la. Aviam, no pot ser gaire complicat, aquest cinturó. Són tres peces que han d'encaixar. Un ximpanzé sabria encaixar tres peces. Per què tu no?

Clic! El cinturó es corda i l'Eva es dirigeix al seient del conductor. La Remei calla, no deu tenir res a dir. Anirà a la farmàcia perquè s'havia oblidat que a la revisió d'avui li tocaven un parell de vacunes que ella mateixa havia de comprar. Tampoc recorda per què eren, com es deien i si els farien febre. Havia fet un *reset* de la conversa sobre el calendari de vacunes que havien tingut amb el pediatre mesos enrere. En Miquel s'ho apuntava tot. Ell sempre estava al cas de tot allò a què l'Eva no prestava atenció. Tenia aquesta habilitat: detectava que ella viatjava a la galàxia del costat i quan en tornava. Havia d'estar alerta per quan tornés, explicar-l'hi. Però ara en Miquel no hi era, i els viatges a les galàxies del costat li passaven factura. Era al taulell de la farmàcia amb els nens a terra, dins el cistellet, sense recordar el nom de la vacuna que els tocava ni per a què servia.

—Quant tenen, els nens?

—Quatre mesos.

—El nano, també?

—El nano també. Són bessons.

La farmacèutica fa cara d'escèptica i mig se li escapa una rialla.

—Bessons, diu?

—Bessoníssims! Vol veure les fotos del part? Perquè les tinc, eh? Va ser horrorós. Aquest? —fa, assenyalant en Bru— . Com parir un transatlàntic de costat. L'altra, pobreta, va sortir sola. Vol veure-les?

—No cal...

—Prevenar 13! Ho tenia a la punta de la llengua! Ja en porten una dosi, no en recordava el nom... El tretze sí. Ja podrien haver escollit un altre número, infinitat de números hi ha que no són el tretze. Ben pensat és com inocular la mala sort...

—El 13 és la quantitat de serotips que inclou la vacuna. La mala sort no existeix.

—Això és veritat, estem carregats de punyetes. Posi-me'n dues.

—Ha trucat per reservar-les?

—No, no sabia que s'haguessin de reservar, les vacunes.

—Aquesta sí. Però, esperi, em sembla que estarà de sort —fa la farmacèutica, endinsant-se dins la rebotiga—. Sí! Està de sort! En queden dues a la nevera! Adjudicades?

—Adjudicades, va!

L'Eva es va sentir afortunada per pocs segons, una petita alegria que va durar fins que li van comunicar el preu de les vacunes.

—Seran 140,66 euros.

—Com? Pensava que entraven... el seu pare les havia vingut a comprar l'altra vegada i no em va dir res, que li havien costat aquesta morterada... 140 euros?

—140 euros amb 66 cèntims, moneda europea, nombre del diable. Però com la mala sort, tampoc existeix —fa la de la bata blanca, que anava per monologuista però no s'hi va veure amb cor.

—Això és un atracament!

—Això és el que valen, senyora. Però si vol, i no té pressa —ho diu fent un parèntesis amb les mans, que la propietària no la senti—. Doncs...

—Què...? —fa l'Eva, parlant-li fluixet, com si anessin a cometre una trapelleria plegades.

—Que a Andorra les venen més barates. Te les envien en una caixa refrigerada i llestos.

Però l'Eva no té temps de trucar a Andorra i esperar que les hi portin, té hora al pediatra aquell mateix matí i vol treure-s'ho de sobre. Així que procedeix a comprar-les. Pren el moneder i obre la cremallera com si li fes l'harakiri, un tall de sabre de dalt a baix, per honor. N'extreu la targeta de crèdit, l'hi dona sense mirar, i se'n va l'ànima de 140,66 euros, l'esperit dels quals tenia reclòs dins el reialme invisible de la banda magnètica. Adeu. I no se n'acomiada amb la recança de la majoria, que no li'n falten, de diners: té un bon racó gràcies a un cop de sort (uns camions de l'empresa, que s'havien perdut buits i havien tornat a trobar plens de lingots d'or; aquella mena de coses que només poden passar a l'Àfrica). Un bon racó que li permetrà viure una llarga temporada, vaja. I pagar vacunes de dos en dos i bolquers de marca i farinetes de farmàcia i totes les coses que els nens necessiten que no saben que necessiten, però que els faran falta fins al final dels seus dies a la Terra. Però això de l'Eva i el seu roc a la faixa, no ho expliqueu a ningú, que la gent no paeix gaire bé la fortuna sobrevinguda dels altres. Que es pensin que trafica, que és una mantinguda, que encadena baixes com aquell qui és boig. Però que mai ningú sàpiga que l'Eva viu de l'aire perquè ha estat de sort.

Surt de la farmàcia carregada amb els bessons i més de 140 euros en microorganismes o el que sigui que portin les vacunes, que segur que és molt micro, proveït d'ullals i armes blanques, mercenaris —estabornits, que diuen, però mercenaris de la ciència en benefici de la salut de la humanitat. Corda el cinturó de la Clara, té alguns problemes amb el d'en Bru. Tres peces que han d'encaixar en un joc diabòlic de combinatòria neperiana que fins i tot un mico sabria encaixar. Però ella no. Se li enganxa un ble de cabells enmig de l'engranatge. Clic!

—Ets incapaç de recollir-te els cabells, quan vas amb les criatures? Després et queixes que te'ls estiren. Abans de sortir de casa, mira't. Ja no ets l'Eva Botet, ets la mare de dues criatures!

—Això no em canviarà pas a mi!

—Doncs bé hauria de fer-ho. Per decència, nena, per decència: digues adeu a la dona que eres i comença per la façana. Has de proposar assemblar-te a una mare, mare. Les de la meva època n'eren un bon exemple. Et vaig regalar un llibre, recordes?

—Vostè em va regalar un què? A mi? Quan?

—El llibre, nena! La bíblia de les embarassades! *Què es pot esperar quan s'està esperant*.

—Ah! Aquella merda!

—Res de merda! La portada, la portada ja et diu com ho has de fer per començar bé. Has d'asseure't en un balancí, vestir-te com Déu mana i fer bona cara.

—Sí, dona, i què més?

—Allarga't les faldilles, no per res, per practicitat. Ajupir-te, aixecar-te, ajupir-te, incorporar-te, seure a terra, en un banc, fer l'àngel, el pi, no saps mai la postura que hauràs de practicar amb aquest parell quan vagis pel carrer; creume, compra't faldilles més llargues o posa't sempre pantalons, ningú n'ha de fer res de les teves calces que, per cert, també te les hauries de canviar si és que no vols que es pensin que treballes a la Paloma Blanca, que és una casa de putes, per si no ho sabies. Jo ho sé perquè m'ho han dit. No per res. Però segur que les dones que hi treballen porten calces com aquestes. Una mare no pot portar calces com aquestes, nena. Agafa-te'n mitja dotzena de cotó, d'aquestes de tall alt que t'agafin la panxa. Bé, qui diu panxa, diu pelleringa. Però no et preocupis, es veu que és molt normal i que després ja es va posant tot a lloc, o això diuen. Jo he tingut la sort de no haver de parir i conservar-ho tot intacte, tot... Però no en parlem d'això, que ara no et vull fer enveja. Només et suggeria que et compris unes altres calces que t'ho recullin tot, et sentiràs millor. I recull-te els cabells o talla-te'ls. Com la Julie Andrews, saps? Pensa en ella. Imagina-te-la a *Sonrisas y lágrimas*, donant voltes amb els braços estesos en un camp verd de Suïssa, o d'on fos aquell camp verd. Ella no portaria aquestes calces ni es cagaria en Déu com fas tu ara, per haver-se enganxat els cabells a la tanca d'una cadireta de cotxe. I compra't un monovolum, per favor! Comences a fer coses de mare o te'n faig una llista?

El ble de cabells obstaculitza el correcte engranatge del cinturó de la cadireta. Ja no pot obrir-lo per enretirar-lo. Encallat. Pels segles dels segles.

—I ara què? Tampoc portes unes tisoretes a la bossa? No portes el necesser que et vaig regalar? El de la manicura tothora!

L'Eva fa veure que no la sent, procura no contestar-li. Ferla sentir com una simple veu de cap, les que hi té la gent sonada que no reconeix que està sonada. L'ha amenaçat mil vegades a prendre's pastilles que se suposa que la faran callar per sempre. Que aniran, vulgui o no, l'agafarà per l'orella espectral, si cal, al psiquiatra aquell que es va fer capellà, el fan de Verdaguer, que es dedica a fer exorcismes d'estranquis.

Va sortir a la tele, el va buscar, el va trobar i es va guardar el contacte per si de cas. I el cas és que ja el té, però se'l reserva. Que no és urgent esbandir la morta del cap. Ben mirat, no gasta aigua ni llum ni gas ni res. Només a ella i a la seva paciència, cosa que també feia quan estava viva. L'única diferència és que ara no ha d'assajar un somriure cada vegada que té ganes d'estrangular-la. I li pot dir les coses a la cara, sense filtres. De fet, pensa, la seva existència prolongada li és teràpia. Allò que no et mata et fa ser més fort. I l'Eva va pel camí de superguerrera.

Però les persones fortes, a vegades, també necessiten ajuda. Si no se'n surt sola, li trucarà, es jura que li trucarà un dia d'aquests. Perquè segur que s'ha trobat més casos de possessions com la d'ella, de gent que no se'n vol anar, que es pensa tan necessària per a la vida de tothom que es queda. Al psiquiatre aquest no li xocarà que un pacient se li presenti amb una veu de veritat, amb aparell fonador i tot. Ningú més la pot sentir? No la sentiu, vosaltres? La Remei té una veu inconfusible, el signe que l'acompanya enllà de la corporeïtat i la manté viva en allò que més l'havia apassionat en vida: tocar els collons a la seva jove, tan jove, tan altra. El psiquiatre convicte li encapsularà un pantà d'aigua beneïda en una sola pastilla, i, mentre baixa gola a través, l'Eva dirà adeu a la Remei per sempre. Però no es vol prendre merdes, que encara dona el pit i no voldria passar-los res estrany i, molt menys, res beneït per un paio que creu en Déu i en el diable i que ho fa, a més, havent estudiat una carrera de ciències. Així que fa veure que no la sent, amb l'esperança que un dia, no gaire llunyà, podrà enterrar-la sota la seva memòria, o fotre-li una coça al cul espectral.

—T'estic parlant, nena! No portes el necesser?

—No, no el porto, què passa! Tinc altres coses a fer que pensar en les meves ungles quan surto de casa!

—Si portessis el necesser que et vaig regalar, podries treure'n les tisoretes de cutícules i podries tallar aquest ble.

—No penso tallar el ble de cabells per res del món! Els meus cabells no es tallen!

—Si són per alliberar-te d'aquesta postura estúpida, te'ls talles i punt, soca!

—Pot fer el favor de callar!

L'Eva fa força amb els cabells, els estira, els fa anar de costat a costat. En Bru es pensa que juga i, amb les manetes, subjecta més i més blens de cabell que s'endú a la boca.

—Mam! Mam!

Traient forces de feblesa, els estira tan fort com pot i, finalment, cedeixen; la meitat s'han quedat presos dins la boca del cinturó de la cadireta, l'altra se li han quedat entre el dits. S'ha alliberat de la sivella, però un serrell molt estrany l'acompanyarà uns quants mesos.

Puja al cotxe, abaixa el mirallet del para-sol i veu com li ha quedat un serrell serrat arrel del remolí que té al naixement dels cabells, just al mig del front. Sembla la xicota de Frankenstein volent-se disfressar d'ell. Per carnaval, sense pressupost. Només quatre grapes ben posades li arreglarien aquell merder indissimulable. Però només li faltaria grapar-se el cap, ara. Plora. Galtes avall se li'n va el negre d'ulls i l'enteresa. No n'hi ha per tant —es diu en una glopada d'aire animós que li ve de dins, de qui sap on. S'ensaliva el palmell de la mà i se'l passa pel serrell, opositor enrabiat de la gravetat. Fort, l'aixafa contra el front, però es torna a posar erecte com ja sabeu què; un xiprer, sí, empinat per sempre, vetllant la casa atrotinada del seu cap, banya d'unicorn decrèpit, pi plantat enmig d'una plana deserta. Mira enrere per si els nens li tornen alguna espurna d'alegria i superar aquell moment de crisi estètica i existencial. Però dormen, tots dos ho fan. Té la bossa de la farmàcia al seient del copilot i una carrera a les mitges. El que faltava. Se les treu. Amb aquell serrell i la cara d'imbècil que se li ha quedat ningú li mirarà les cames. Se les treu, se les mira i recorda la propaganda de la licra que va fer que se les comprés: «Medias hermosas. Resisten un huracán de rosas» i una dona xuclada per un huracà de flors espinoses és escopida davant d'un jurat d'homes que l'aplaudeixen i la xiulen per tenir les cames més llargues del món, sedoses, uniformes, brillants, dins de les mitges de seda i titani. Tota ella està feta un cromo, però quines cames! Una puta carrera: hi posa el dit i se saluda fent el cuquet. Quan està a punt d'estripar-les (amb aquella fúria que allibereu quan voleu venjar-vos de la matèria), una idea tan pèrfida com brillant li emergeix de dins seu, qui sap d'on. Li diu: «Fes-ne alguna cosa. Posa-te-la al cap. Serà com una faixa de cara. El serrell quedarà a una altura respectable, el nas et quedarà un punt aixafat, però el serrell estarà bé. Si te la deixes una estona, quan te la treguis l'hauràs domat.» I se la posa. Quan els nens dormen, sempre té cinc minuts per fer qualsevol bestiesa menys descansar o fer alguna cosa de profit, com ara arrencar el cotxe i anar amb temps cap al consultori. Però es posa la mitja al cap, sempre ha volgut veure la pinta que faria amb una mitja al cap.

—Jo de tu em trauria aquesta merda plena de cèl·lules mortes de la cara, nena. I si passa algú i et veu, aquí aparcada, amb dues criatures dormint i una mitja al cap? Quina vergonya...

—No sabrien que soc jo. Ni vostè sabria que soc jo si no fos perquè està dins meu; si fa el favor de sortir, veurà que no em reconeix.

—No cauré al parany, nena. Jo no surto d'aquí fins que no siguis una bona mare.

—Ho té clar.

—Tu sí que ho tens clar!

—En això li dono la raó, però que no serveixi de precedent.

Les dues dones que hi ha dins de la mitja, riuen per moments. És bo riure acompanyat. És bo riure amb l'enemic, així, espontàniament; l'humor amansa les feres, més que la música, més que res. Però els dura poc perquè l'Eva baixa del cotxe com un llampec mentre l'altra l'esbronca.

—Es pot saber on vas, beneita?

—No n'ha de fer res.

—Saps que deixes la nena i el nano aquí?

—Ja tanco. I abaixo el vidre dos ditets, per sentir-los.

—Ets un desastre; ja saps que ets un desastre?

—Sí que ho sé, Remei. Només serà un momentet. Cinc minuts. Me'ls vigila?

* * *

Però no els ha vigilat, els nens. Ja us dic jo que la Remei no s'ha quedat pas al cotxe mentre la seva mare se n'ha absentat un momentet. La deu haver seguit. Que a on ha anat? Ara mateix no us sé dir què ha fet l'Eva Botet durant els llargs, misteriosos, cinc minuts que ha estat fora. Però m'és igual. Ho acabaré sabent en un moment o altre i ja us ho explicaré. He preferit quedar-me al cotxe amb els bessons. Això de l'omniscència és mentida. Els narradors, o estem a un lloc o a un altre. I els nens són molt absorbents, encara que dormin. Però no parlem de mi. Només que he preferit quedar-me amb els nens. Un deure corprenedor m'ha cridat a quedar-me, a mi que sento tan de prop la resta d'éssers, però sempre en guardo distància. Me'ls he mirat i he pres les notes pertinents per explicar-vos que, dormint, encara són més preciosos. De seguida ha tornat, amb la respiració accelerada i un somriure estrany, ha llençat la bossa de qualsevol manera al seient del costat i ha arrencat com si el diable la perseguís. La sogra li fot crits, per variar, però ella riu. Ara sí que sé on ha estat, però us ho explicaré després. He d'estar per descriure-us la carretera:

No era vermell, el semàfor. Que no. Era verd fosc: tothom sap que si es passa ràpid en verd fosc, no es fa pas res mal fet, sobretot si tanqueu els ulls fort mentre passeu pensant en física quàntica. I ella té pressa. Si bé ja sap que segurament s'haurà d'esperar una horeta pel cap baix per entrar a la consulta, no suportaria fer tard. Aquell dia li aniria bastant malament que no la rebin i que, per uns minuts de no res, li passin davant i hagi de demanar cita per un altre dia. Perquè aquest ha de ser el dia en què els seus fills es posin les vacunes i punt, s'ho ha marcat. Li ha costat un serrell i 140 euros. I no hi vol tornar, allà. Anar-hi només quan ho necessiti i prou. No li agrada passejar els seus fills pel centre de salut. Si, finalment, el motiu pel qual hi hagi hagut d'anar —una febre insistent, uns plors estranys, d'aquells que no s'apaguen amb res—, si un d'aquests motius, acaba en un no res, s'hauran exposat en va a totes les altres malalties o maldecaps —la majoria allà dins tenen més maldecaps que malalties— que escampen la resta de malalts del consultori. Què hi han de fer dos bebès tan bonics enmig d'adults malalts? Doncs res, que aquest no era un lloc per a ells i punt. S'hi ha d'estar el temps just i prou, i no tornar-hi durant una bona temporada, si pot ser.

Però, finalment, hi arriba a temps; s'hi ha d'esperar una horeta, tant córrer per res, com sempre. Després, la infermera els crida pels noms, com si ells poguessin contestar: «Presents!» L'Eva aparca el cotxet immens perquè no li passa per la porta de la consulta. Treu la Clara primer, en Bru després i tanca la porta que ha esmorteït els plors dels nens de les visites anteriors amb prou eficiència. Els seus també cridaran quan els posin els 13 serotips a les respectives cames, continuarian fent-ho quan els col·loquin una tireta i l'Eva encara tingui el cor pansit de veure enfonsar aquella agulla de cavall entre la carn dels seus nens, apunyalada pel bé de la seva salut i la de la comunitat.

SEGONA PART

La dona efervescent

La nit d'aquest dia complicat serà llarga i fructífera. No farà res en especial, no us penseu. Serà llarga i fructífera portes endins. Dormirà i prou. Fabricarà un somni llarg o que, si més no, se li esplaiarà durant la nit. Un d'aquells que, quan et despertes et sembla haver dormit una eternitat, una d'un comatós que torna en vida en un altre temps que no és el seu.

—Però quant he dormit? —es dirà quan es desperti. I s'imaginarà que serà molt, que serà tant com un temps que haurà depassat la seva generació i les següents en un futur ple de simis i una estàtua colgada per la sorra d'una platja llarguíssima.

El temps, quina bogeria! Ni en el millor dels seus somnis el podrà tenir sencer. I pensant en el temps que se li escapa, en la vida que se li escapa mentre els seus fills es fan grans, s'adorm. A l'instant se l'empassa una boca de cel sense dents. Ho fa amablement, com les de les balenes amb l'aigua poblada de mar. Es deixa caure cap amunt, viatjant dins una onada d'espai que sobrevola Kansas, perquè allò d'allà baix només pot ser l'estat de Kansas si porta aquelles sabatetes de robins que li tornen llampecs de llum vermella. Aterrarà en un món fantàstic fent saltironets damunt un empedrat de llambordes grogues. I ja sap la resta de la història amb aproximada precisió. Però, llavors, quan ja es posa còmoda per viure l'aventura americana —en qualsevol moment es trobarà un lleó o un espantaocells i un home de llautó—, el vent del no-res que la xucla i la manté voladissa, la canvia de direcció cap on li sembla més amunt, molt més amunt i lleugerament adreçada cap a l'est, en un gir imprevist que li fa perdre les sabates, cel avall, desapareixent, xiscladores, entre els núvols.

Aleshores, s'adona que no porta vestit ni calces ni res que la cobreixi, només una ridícula fulla de parra en suspensió allà on el tronc se us bifurca en dues cames. A partir d'aquell moment, tot comença a prendre un aire psicodèlic, montypythonesc, sobretot quan una mà gegant la pesca abans no senti vergonya de la seva nuesa i, col·locant-se-la a la conca del palmell, li fa de nau fins al seu destí final. Allà enfilada, entén que se li ha acabat anar a la deriva: l'hi diu la fermesa de la mà gegant, que no triga a desplegar els dits per deixar-la baixar, dolçament, fins a un lloc dringadís. De què li sonava? Un camp anglès desplegat com unes estovalles sobre un terra d'irregularitats arrodonides, té tots els matisos de verd i blau i l'espurnegen desenes d'animals, alguns que no coneix. A l'horitzó, unes muntanyes fosques, retallades furiosament. Al centre, un llac d'on surt el que sembla la cresta d'una catedral submergida, alienígena, quasi viva. Un mussol treu el cap per un forat rodó del mig de l'estructura. Quines coses, els paisatges del cap!

L'Eva s'ho mira bé i ja sap on l'ha portat el somni: sens dubte allò torna a ser el paradís. Mira al seu voltant buscant en Miquel, que sempre hi és, als seus somnis, però aquest cop no. Tampoc la Remei. Només aquell piló de terra i les flors de pam damunt seu. La tomba. Ha aterrat just al punt on havia deixat un somni de nits passades: una proesa, reprendre somnis que acaben malament. Per això, experimentada ja en els engranatges simbòlics que el subconscient li serveix per gestionar les seves inquietuds, pensa que aquesta vegada no es deixarà emportar pels rampells d'un cervell que dorm.

Aprofitarà de valent aquest moment d'esbarjo que li serà com unes vacances de tot, de la vida, de la boja de la morta dins seu, dels seus dos dolços i tendres fills, també. Només ella i la seva voluntat en un món sense civilització que s'agenollarà davant del seu cos nu. Així, quan posi la punteta del dit gros del peu a terra, la primera cosa que farà serà arrencar-se la fulla de parra i posar-se-la als cabells com una pinta de flamenca. Desbocada correrà, raig de vent, dins els límits infinits d'aquest jardí salvatge.

—Ara és el teu moment —es diu a ella mateixa—. El moment que havies estat esperant. Tot el món per a tu, sense traves.

Així que besa la mà gegant, donant-li les gràcies per aparèixer i fer-li de taxi. Sembla estar d'acord amb l'agraïment perquè doblega els quatre dits i tensa el cinquè prènsil. Un OK gegant d'una mà gegant. L'aprovació més gran que li hauran fet mai. Que bé. Després la saluda en comiat de mà i, estesa en la seva plenitud, desapareix cap enrere.

L'Eva camina camps a través, decidida, en direcció a una lluïssor tremolosa de l'aigua. Vol entrar-hi tota sola, tota nua, surar fent la creu sobre l'aigua i sentir els sons d'aquest jardí dins seu, que tot el cos li faci d'orella. Hi posa els peus, després avança una mica més fins que l'aigua li cobreix el ventre. Com que és tèbia es deixa anar completament, però la sorprèn, a l'instant, un formigueig anguniós que li recorre la pell, marabunta. Quan vol sortir de l'aigua, no es pot resistir a l'efervescència que borbolleja al seu voltant. I s'adona que és ella mateixa qui bull en fred i es desfà de mica en mica, desapareixent en un llac preciós, sentint dels ossos a l'ànima l'horror minvant d'una aspirina.

El motlle de l'alegria

Es desperta com si tingués una molla a l'esquena i, per primera vegada, és ella qui altera els nens, que dormien.

—Quin horror! —fa tocant-se cames i braços, que encara hi són—. Quin horror, desaparèixer així! —Encén el llum i veu que el rellotge li marca matinada. S'aixeca a calmar els nens, li costa una bona estona, però finalment s'adormen, rendits a la cantarella hipnòtica de l'Eva. Primer en Bru, després la Clara. Surt a poc a poc de la seva habitació, enfila el passadís cap a la cuina. Se servirà un got d'aigua i mirarà per la finestra l'esfera perfecta de la lluna plena. Llavors, fixada i palpitant com un home llop, recordarà com eren les nits de quan ell encara hi era. De com miraven les nombroses variables de línies imaginàries que traçaven entre les constel·lacions. De com n'era de preciós el terrat quan hi anaven, només quan feia bo, que s'estimaven però no eren imbècils, com aquells enamorats que tant els fa el fred. Ells havien de viure l'amor des de la comoditat de la calidesa, perquè cap dels dos havia vingut a aquest món per patir. Obre el balcó per veure millor la lluna, vol retenir una imatge sense el filtre d'un vidre ple de ditades petites. Tenir una mica d'aquella blancor dins els ulls, que la refaci abans de tornar-se a adormir. La lluna la calma, li regula les marees d'emocions que li pugen i baixen pels murs de l'enteniment, una presa de capacitat variable.

L'endemà tot comença com sempre: es desperta sense acabar de fer-ho del tot, arrossegant-se a les palpentes pel passadís fins a la cuina. En Bru plora amb el codi de plor que li reclama menjar ràpid, la Clara tot darrere. S'afanya a posar els biberons al bany maria mentre pensa que potser els ha retirat el pit massa aviat, que es podria haver espremut durant molt més temps. Que amb la lactància mixta s'acaba deixant el pit, subterfugi de covardes. El pit en exclusivitat durant uns mesos més els hauria anat bé. Haurien agafat més defenses... Amb unes mugroneres ho hauria tingut tot solucionat. Quin mal, les clivelles. Quin mal. I com li costaven de curar, aquells talls amb els nens xuclant nit i dia... Però què carai! Ella els havia de fer de mare, no de dida! Es queixa tan fort que la Remei, que a aquella hora es veu que encara dorm, se li desperta:

—I és clar que ets una dida! Fica-t'ho al cap. Una dida que no cobra. Quina mania amb la llet artificial! Aquesta es portava en altres temps, quan les dones es pensaven que feien el millor per als seus fills, però no en tenien ni idea. Ara tothom sap que el millor és l'alletament matern...

—Ja els dono el biberó jo, Remei. Això també és alletament matern. Perquè els alleto jo i no la tia Rita —fa l'Eva, mentre recull amb les pinces els dos recipients amb dibuixets d'ossets roses prenent alçària dalt d'un globus. Fan cara d'estúpids, però no deu ser gaire més aconseguida que la seva, preparant els biberons a les sis del matí, tot discutint amb una morta.

—Excuses! Busca la manxadora aquella, la màquina. No han passat gaires dies. Segur que encara rajaria prou. Insisteix amb els pits, reina. Creu-me, si jo hagués pogut, ho hauria fet. A vegades penso que en Miquel no m'estimava prou perquè no li vaig poder donar el pit.

—Perdoni, no crec pas que fos per això...

—Es posava malalt tan sovint, al principi... Segur que era perquè no li vaig donar el pit. Tampoc podia. Però me l'estimava tant! Ho podria haver intentat...

—Els nens, Remei, que ho agafen tot, a la guarderia.

—Però no ho hauria agafat tant. Culpa meva. I després em vaig deixar, saps? Si tu estàs enganxada al teu fill, físicament, vull dir, et costa més anar a la teva. Sé que és una obvietat. Pura física: no queda bé anar pels llocs amb un nen arrapat a la meta. Però el desenganxament boca-mugró provoca una cadena de petits desarrelaments que quan es comencen ja no es poden parar. Veuràs, com que no podia donar-li el pit, qualsevol altre que no era jo el podia alimentar. I això va fer que no em necessités per res des del començament. I no pot ser, Eva. Una mare s'ha de fer necessària. Nena: no han passat gaires dies, deixa els biberons i tornar-hi. Encara que no sé jo... a les vaques, si no les munyen pas cada dia, malament. Segurament et passarà el mateix que a les vaques.

—Rumiar massa?

—Quedar-te sense llet, burra! Si deixes el pit així com ho has fet tu, de cop, com deixes totes les coses, pots tenir uns quants problemes. Mastitis, per començar. No ho pots deixar així com així, saps? La naturalesa té mecanismes per recordar-nos quin és el nostre lloc. Si l'abandonem ens infecta.

—Molt bé. Ara si em fa el favor... Necessito una mica d'ajuda per donar-los el biberó. Mentre li dono a en Bru, vostè m'entretingui la Clara. Ja seria hora que, a més de criticar tant, s'hi impliqués una mica.

—Això no ho faré. Sembla mentida que no recordis que,

a efectes pràctics, soc una veu dins el teu cap i que només desapareixeré quan siguis una bona mare.

—Però li estic demanant tot el contrari! Que aparegui del tot, carai! Si em dona un cop de mà... Si me'l dona... Aniré un pèl més descansada. Si estic descansada potser podré atendre millor els meus fills. Miri, li prometo que si surt i m'ajuda amb la nena, la nena només, jo després provo d'asseure'm una estona al balancí, em recolliré els cabells, em munyiré amb la màquina només per tornar a desencallar l'engranatge i endreçaré per sempre aquests biberons dins un calaix. Remei? Em sent? —Però la veu d'aquella dona no li respon. L'Eva pensa que el seu desafiament l'ha exorcitzada. No hi ha res com animar a treballar els paràsits perquè surtin corrents. Però, ai las! No se n'ha anat, no podia ser tan fàcil:

—Entesos. Ho faré. T'ajudaré. Tu aniràs més descansada i faràs fil per randa el que diu el manual que et vaig regalar.

—L'hi prometo. Surt?

—De seguida.

I l'Eva sent un remenament dins el cervell. És la dona, obrint i tancant calaixos, preparant-se per sortir després de tants de mesos. Tot de cop, silenci altra vegada. I, sense avisar, una fiblada de llamp a l'orella. L'Eva s'hi posa instintivament la mà, com si pogués contenir el dolor amb una simple pressió. S'adona que no hi ha res a fer i que ha de deixar-lo fluir: és llavors quan la punta d'una sabata de saló diminuta treu el cap per un dels seus timpans, la segueix l'altre peu i unes cames enreixades dins unes mitges que semblen de cabaret. I un tall rodó fet senyora emergeix de la seva orella, tal com neixen les botifarres de les màquines de fer botifarres. És la Remei de cos present, però a escala reduïda. Continua essent inconfusible. I continua provocant aquell efecte d'astorament general de totes les òrbites de les sales on apareixia quan era viva. Mireu-la: du la mateixa roba que el dia que la van enterrar, un vestit jaqueta blau elèctric, el d'hostessa, deia ella, amb un cinturó que parteix el seu volum ovoide en dos. Pintada com un papagai. Com una porta. Com una porta del país dels papagais. Sobrietat, li fa falta. No a tothom li fa falta, la sobrietat. Però a ella sí. Sempre pendent de la seva imatge, fins i tot a aquelles altures. Morta i tot, la carn li put, no d'allò esperable d'un cadàver qualsevol, la carn li put d'excés de perfum.

Per això, amb el nas col·lapsat de mort i Chanel número 5, ha obert la finestra perquè corri l'aire. Aquesta decisió reactiva, merament higiènica, serà la que li salvi el seny. Perquè creieu-me quan us dic que el que ha passat després és la prova que el temps posa tothom a lloc, a vegades tan de cop que sembla que existeixi la justícia.

L'Eva obre la finestra per deixar marxar la catipén de perfum de vella podrida. De fora entra una llengua de vent gelat, poblada d'aquells crits terribles dels gavians del parc. Els batents exploten en mil bocins i un cop a dins, s'arremolinen per tota l'habitació fent gronxar d'un costat a l'altre la làmpada de paper d'arròs, les cortines i tots els peluixos que poblen, manieristes, cada mil·límetre de l'habitació. L'Eva corre a protegir els bessons de l'huracà, tombada damunt seu a mode d'un escut. Tanca els ulls fort, desitjant amb totes les forces que allò s'acabi.

I s'acaba. Paren el vent i els crits d'ocells amb fam de dona morta. Quan l'Eva s'incorpora i comprova que estan tots bé, un silenci despoblat es converteix en epifania: una sabata de saló deixada estar enmig de l'habitació i olor de nit, només de nit que s'acaba, que tira a dia. A les 6.30 d'un matí de dilluns, ha entès que, a partir d'aquest moment, estarà sola amb la seva maternitat perquè un vol de gavians dins un huracà s'ha endut la sogra. I que sí, que aquests ocells fan molta por, però solen triar bé les seves menges. Per això deuen voltar damunt dels caps de la gent, que ensumen les coses podrides que hi porteu, que vosaltres no goseu menjar-vos, però que ells no hi fan escarafalls, tot al contrari, que els encanten, ja heu vist amb quina voracitat han fet la feina. I són eficients, les rates de l'aire: ha estat deixar la merda al descobert que no n'ha quedat ni una engruna. Bé sí: una sabata de saló, de xarol vermell, de pepa que es disfressava de senyora de casa bona.

Aleshores, els nens, que semblen haver entès també la rellevància del sobtat esdeveniment, la sorprenen amb una rialla quasi adulta, esclatant, venjativa. Primer en Bru, llavors la Clara i després la mare. Ho fan per relleus, perquè si ho fessin tots de cop, trencarien el motlle de l'alegria.

Petites misèries de cada dia

Després d'aquella nit, semblaria que les coses anirien millor. Mort el gos, morta la ràbia. Fer de mare sense el judici permanent i explícit d'una altra dona que portava a dins i que l'odiava hauria d'alliberar força l'Eva, si més no, en les petites rutines de la vida. Quan es dutxa, que no és cada dia ni cada dos —i sovint ho ha de fer per parts, com les dones antigues—, ja no té la Remei per passar-li el sabó, tot recordant-li que en aquell moment de sordesa aquàtica, quan, submergida sota el raig calent trobava la pau instantània, els nens podrien estar ofegant-se amb la seva pròpia saliva. Que si es renta el cap no els sentirà. Que si ploren i no ho atura al moment, s'anirien engrescant fins al desastre. I que les parets de pladur són pitjors que el paper de fumar i que els veïns de l'escala li tornaran a recordar que Déu n'hi do, que quin panorama, pobreta, quan, de fet, del que se solen queixar és dels plors dels nens, i no de la seva condició de mare sola i superada. Ara l'Eva pot dutxar-se i prou, baptista d'ella mateixa.

* * *

En llevar-se, cada dia, quan despunta el sol, cada nit, a hores atzaroses, escalfa la llet dels nens automàticament. Alguna vegada s'ha despertat davant el foc amb el gas obert i una capsa de mistos buida. Sort que no té temps per anar a comprar ni mistos ni res i la nevera continua essent un armari fred on només hi guarda un pot de cogombres a la vinagreta. Quina sort de no tenir temps per comprar ni mistos ni res. Ves a saber què hauria passat, quin funest final, explosiu i decadent, li hauria esperat la seva deixadesa.

* * *

Ja li havien dit, que no els acostumés al xumet. Que és tan dolent per a la posterior formació de la dentadura. Creixeran amb el paladar en forma d'ogiva i es veu que aquesta és una mala forma perquè hi surtin les dents d'una manera harmoniosa. Potser tindran una filera sola de dents, amb sort, i així podria fer callar les boques de tots els qui donen lliçons de dentista. Però segurament, a jutjar per la veloç intensitat de les xumades dels seus infantons, el més probable serà que tinguin dues o tres fileres de dents, com els taurons, no tan esmolades, és clar, perquè aleshores sí que tindrien un problema. Però per això encara falta molt i l'Eva només té temps per preocupar-se de les coses que li passen en el moment en què li passen. «Viu el present», li diu el manual d'autoajuda que ha aparegut sobre la seva tauleta. I què carai volen que visqui, ella i els centenars de milers de mares sobrepassades que llegeixen el llibre i s'han sentit impulsades a llençar-lo per la finestra. Centenars de milers de llibres s'esbatanen com ocells amb les pàgines al vol, expulsats de tantes llars de mares sobrepassades i pares morts de por que deixen, dissimuladament, llibres de merda sobre la tauleta. Que els seus fills tinguin boca de tauró no li preocupa. Era un problema menor. Gens greu comparat amb el que té quan un dels dos perd el xumet a mitjanit. Cal lluitar perquè mai, sota cap concepte, cap dels dos nens perdi el xumet a mitjanit. Si un xumet es desprèn de la boca d'un dels dos, lliscant entre els tendres llavis fins a algun replec del llençol, arrenca a plorar amb la intensitat de les sirenes dels camps de futbol —que les haurien de prohibir. Com aquells brams infernals que només apaga quan els tapa amb un xumet concret: el de la boleta de cautxú de tota la vida, la pitjor de totes, gens anatòmica, gens humanoide: qui tenia el mugró en forma de cirera? Què es pensen xumar, els nadons amb aquest desfici? Aquesta era una de les múltiples preguntes arran de petits detalls que pengen de la maternitat que no pot respondre al seu present perquè ja té prou feines a sobreviure'l.

* * *

Però un dia, els angelets de la guarda es conjuren a favor seu i li entretenen els nens perquè l'Eva pugui vestir-se i mirar què es posa (dues accions fins ara autoexcloents). És el dia que deixa el xandall tacat de lleixiu a la cadira i es posa texans i camisa. Texans i camisa! I un cordonet trenat de cuir a la cintura que s'adona que conserva malgrat tots els vaticinis d'Armagueddon sobre el seu cos. Això són moltes accions seguides sense cap interrupció: posar-se una camisa, cordar-se-la fins al coll, enfilar un camal, després l'altre, apujar una cremallera, cordar un botó, enfilar-se un cordó de cuir a la cintura, mirar-se al mirall i veure que tampoc està tan malament. I parar l'orella. I adonar-se que els nens estan en silenci, cosa que vol dir que pot continuar arreglant-se, posar-se unes arracades de botó, que si pengen les hi arrencaran dels lòbuls, com totes les penjarelles que se li ha acudit posar-se des que és mare. Arracades de botó i posició marcial davant del tocador: es pinta els llavis de vermell i s'allarga la cua de l'ull amb un llapis a prova d'aigua, que li duri un dia o dos. (Pel que fa el principi d'economia en accions que tenen a veure amb la seva bellesa, l'Eva té una màxima que pensa patentar abans que alguna desaprensiva l'hi robi: «La ratlla als ulls d'avui és l'ombra de demà.») Sí, això que ha tingut temps de fer-se avui és extraordinari, hi dormirà i tot amb els ulls pintats i demà lluirà una ombra negra, esfumada, que ni les estrelles de les revistes —les estrelles drogoaddictes, d'acord, però no es posarà llepafils. Para l'orella, els angelets de la guarda han dit prou perquè en Bru ja arrenca la cantarella.

* * *

Els vesteix, a ell de rosa, a ella de blau —dirà que ho ha fet així perquè no creu en aquesta sexualització dels colors i que no vol per als seus fills un món en blau i rosa, però, en realitat, els haurà vestit així perquè tenia el cap baixant-li per un tobogan mentre fa migdiada. Ja a la porta de sortida, li sembla que la Clara ha de fer el rotet perquè està neguitosa. L'agafa a coll delicadament i, amb aquell gest de marcar amor tan propi de la infància primera, la nena li fa una glopada damunt la camisa. Usa una tovalloleta humida de les que té just a la sortida, diuen que ho destaquen tot però no. La glopada sobre el coll de la seva camisa ara s'ha integrat al coll de la seva camisa. Són una sola cosa. Ben mirat, sembla que hi hagi estat sempre. Si ningú es para a ensumar-la no passarà res. Llavors recorda la manera en què va veure com es treien les taques d'oli en un programa de televisió. Eren molt més difícils de treure que qualsevol altra taca, més que la sang. Més que la llet regurgitada d'un bebè. Les taques d'oli es treien abocant-hi cafè a sobre. Llavors ja no eren taques d'oli, eren taques de cafè. Però ara no tenia cafè a mà. Així que surt al carrer que, qui vulgui, ja se'n farà el càrrec.

* * *

Té la Clara enfebrada. Per iniciativa pròpia; en Bru està la mar de bé. En part, l'Eva se sent orgullosa de la seva filla perquè per primera vegada a la història ha liderat alguna cosa, encara que sigui una infecció espontània, no reactiva a cap dels estats del seu germà. Però no para de plorar. Li han dit que no es preocupi, que és víric. Que els nens ja ho fan, això de grans febrades, i que moltes vegades es queden en res. Però es desespera i truca a la Victòria que ve a donar-li un cop de mà: la dona apareix vestida com sempre, només ha hagut de creuar dos carrers, però no s'ha dignat a treure's la bata i les sabatilles. El barri li és una segona casa i a casa s'hi va còmoda. Li diu que no es preocupi que estigui pel nen, mentre ella pren la nena en braços: «No sé què dius que és ploranera, pobreta, ni bullint es queixa! Mira que bé que es porta amb la tata Victòria. Mira que bé que es porta amb mi. I ja no té febre! Tenia febre, deies?»

* * *

No ha pogut arribar-se al supermercat per comprar bolquers per passar el diumenge. Encara n'hi queden vuit, prou per canviar-los amb decència quatre vegades. Però aquell dia, el que diuen que fins i tot Déu descansa, els esfínters dels seus plançons van treballar de valent. Sort que un parent els va regalar aquells altres bolquers de roba, tan pràctics perquè es netegen com els d'abans. Matèria obscura sota l'aixeta i frega que fregaràs. És agradable veure com tot torna, pensar en la dinàmica cíclica del temps i, de passada, en la substància universal de l'esperit, per pensar en alguna cosa que no sigui en l'olor de merda que la travessa. Que se li'n va la vida entrant-li allò pel nas i escolant-se-li gairebé tot entre fibres ecològiques que mai més farà netes

* * *

Mira un vídeo per Internet, un dels seus entreteniments diferent al de dormir, mentre dona el pit al nano. És un pare que mena pressa a una mare des de la porta de sortida.

—Encara no estàs? —li diu—. Com pots trigar tant!

Seguidament, es veu com l'home s'havia assegut a taula aquell matí, havia pres el cafè descobert dins una tassa blanca amb missatge: «I love you, dad», i s'havia trobat també una torrada, ben sucadeta amb mantega i melmelada. Es veu com s'ha dutxat, afaitat, vestit i, després, s'ha dirigit cap a la porta de sortida, a menar pressa a la seva dona.

—Encara no estàs? —li deia—. Com pots trigar tant!

En paral·lel es veu la mare llevar-se gairebé a quatre grapes i preparar esmorzars («I love you dad, son and daughter») mentre col·loca els plats del dia anterior apilonats a la pica, dins el rentaplats. Tot amb els pixats al ventre. Somriu, suposa, perquè pensava amb quin avenç comptaven, les dones des que s'havia inventat el rentaplats. Esmorza dreta, mentre dona el pit a un nadó adorable i encén el televisor perquè els altres dos menuts, dos pèl-rojos impertinents, no arribin a les mans.

—Que tinguem l'esmorzar en pau! —diu en anglès.

Després d'haver pogut fer un parell de glops del seu cafè amb llet, a peu dret, és clar, els altres ja han acabat d'esmorzar. Ella els corre darrere fins a l'habitació, on els ajuda a vestir-se, tot i que ja tenen edat de fer-ho sols. Mentrestant el nadó se li escapa per la banda dreta d'aquella habitació infantil i es posa una diminuta peça de Lego a la boca. A temps, l'hi pot treure abans no s'escanyi. Els grans s'han vestit i estan al lavabo fent una guerra d'aigua. El que sembla més polit ha fet servir el sabó de mans per definir-se la clenxa i el petit salta damunt un bassal escumós davant la banyera. La mare respira profundament. Els eixuga, arregla els pentinats, els acompanya fins al rebedor i els ordena, amb aire inquisidor, que es quedin quiets allà on els ha plantat, que aguantin el bebè mentre ella es vesteix. Que sortiran de casa en cinc minuts i que, durant aquest temps no poden barallar-se.

—Sou una estàtua!

Corre cap a l'habitació, es treu el pijama i mentre desplega unes calces de coll alt, sent el seu estimat espòs menar-li pressa des de la porta d'entrada. És d'una coneguda marca de condons, l'anunci. Ho acaben amb un dramàtic fons en negre i l'eslògan: «Durex. Haver-l'hi posat.»

L'Eva riu, però troba més enginyosa la versió en masculí, perquè sempre hi ha d'haver una versió en clau de gènere de tots els anuncis que són estirabots i que impliquen un home o una dona de qui mofar-se i un altre amb qui solidaritzar-se o, simplement, de qui tenir llàstima.

L'anunci de condons en clau masculina l'ha vist amb la Clara xumant-li la meta esquerra: sona el «Clar de Lluna» mentre un pare s'encarrega de coure les salsitxes en una barbacoa. *American style*. Els nens juguen, esverats i corredissos rere seu, la mare deixa anar algun esgarip en forma d'ordre des de dins de casa. La mandíbula sembla anar-li fluixa i els ulls se li desorbiten lleugerament. Hem entès que està furiosa per alguna cosa que han fet els nens mentre se suposava que el seu marit els havia d'estar vigilant. L'home, que fa cara de tenir una paciència infinita, aixeca els ulls cap on, de nit, hi hauria d'haver l'Ossa Major. Sembla fixar-s'hi molt, només amb els ulls, perquè el cos continua fent girar les salsitxes de la barbacoa. Aquell home fa dues coses alhora. I tres: rebufa, rebufa mentre una joguina vola com un projectil en direcció als seus pebrots, tot a càmera lenta, en paràbola destinada a fer néixer un dolor íntimament masculí. Però just abans de l'impacte —l'impacte no interessa— la càmera es fixa en una altra escena, d'una altra llar.

Un pare de la complexió d'un armari, de la que tenen els jugadors de futbol americà que fan *touchdown* creuant el camp amb mig equip contrari al damunt, aquest pare està immers en el caos d'un sostre ple d'andròmines infantils. No pot amb les criatures que surten de tots els racons de l'escena. Boten, corren, pugen al sofà, en baixen, un altre es gronxa amb l'aranya del menjador i un nadó preciós, adorable com un nen Jesús, li xarrupa la sabata. Els devia donar menjar després de mitjanit. O es devien mullar, com els Gremlins. Alguns pares no saben que els fills venen amb instruccions. Alguns pares no saben que les instruccions les tenen les dones i que, per això, la parentalitat sempre quedarà relegada a un segon terme. I no hi ha dret. No n'hi ha. Pobre pare! Només li quedava l'opció de rendir-se al desastre, així que es diu que sigui el que Déu vulgui, es posa uns auriculars i es deixa caure, com un sac de patates, sobre el sofà que l'absorbeix entre els coixins.

Sincrònicament, un fill d'aquell pobre home està suspès en l'aire i, prediem per simple inducció del moviment que segueixen els cossos sotmesos a la llei de la gravetat, prediem que els seus dos genollets doblegats acabaran impactant contra els pobres, pobres pebrots d'aquell pobre, pobre pare. Però no ho veiem, això —l'impacte no interessa. Fosa en negre i eslògan: «Durex: Haver-te'l posat.»

L'Eva es peta de de riure. S'ha de ser desgraciat! I una llàgrima li cau per la galta trobant el destorb d'alguna lleganya seva i d'algun moc de nano —avui no ha tingut temps de rentar-se la cara. S'ha de ser desgraciat! Però li és igual perquè anunci l'ha fet riure. Ara bé: els nens no riuen. En Bru se la mira fixament, amb cara de bastanta, bastanta mala llet. La Clara, que encara mama, es desenganxa del pit fent un últim i sonor xarrup, i se suma a la protesta de mirades assassines. Als nens no els ha agradat l'anunci de condons, estan sensibles amb el tema. No farà bromes de condons. Prou per avui. A l'Eva els pits ja no li ragen.

Sirena varada

El vídeo anticonceptiu té milers de visualitzacions. Pares i mares que, amb un somriure sorneguer, el posaran una vegada i una altra i el compartiran entre ells. Perquè hi haurà qui se sentirà acompanyat en el dolor de pebrotera o la desesperació que potser algun dia enyoraran. Ah!, la tragicòmica paternitat! I es compadiran d'ells mateixos. I es plantejaran si realment haurà valgut la pena. I es plantejaran tot això en silenci, amb uns pensaments que contindran perquè són verinosos. Per a ells mateixos i per a la resta de la societat, que els cremaria com bruixes si els diguessin en veu alta. Carbonitzats. És la fi que espera als pares penedits de la personalització d'una lleterada.

Però a l'Eva no li fan pas llàstima aquells homes i dones de l'anunci, potser se sent una mica acompanyada pel relat de misèria quotidiana i prou. En el fons, però, els enveja. Perquè s'hi veuen famílies, famílies abandonades pels condons, però famílies. Una dona s'estira els cabells i crida per la finestra. Un home fa una barbacoa al jardí. Al jardí. Han convidat tots els nens del barri i fan una festa. Ella no té home al jardí, ni jardí ni nens al barri, perquè només s'ha fet amb vells i amb la família del Miquel, des que ha arribat a la ciutat. No té home al jardí, ni jardí, ni nens per als seus nens al barri, i deu ser això el que deu fer que se senti tan buida, perquè li falten totes aquestes coses que se suposa que van de bracet amb una família completa. Però tot a la vida té solució. Així que mira per la finestra perquè, evidentment, la resposta no està dins seu, si no, viuria tranquil·la usant-se fàcilment com a solucionari. La resposta, per tant, ha de venir de fora.

Mira per la finestra rastrejant alguna cosa que li cridi l'atenció (la resposta que busca haurà d'autoevidenciar-se). Ja no queda ningú al pati de l'escola. El trànsit ha abaixat la intensitat i com que són les nou en una ciutat petita, no hi transiten vianants. Els que es mouen pels carrers a aquella hora van amb pressa i amb un ull al clatell, que és mala hora, hora foscant i qui sap quines criatures obren i tanquen les navalles a la cantonada que agafaran oberta per precaució. De sobte, veu un home que camina amb la seguretat d'un gendarme, perquè és un gendarme. Un mosso, a jutjar per la seva indumentària. Una fletxa feta de neons l'assenyala. Pel que es veu ell és la resposta al seu estat actual de coses. Ja l'ha vist altres vegades, cepat d'elegància, lluint un uniforme tan brillant que sembla una disfressa. Com les altres vegades, pensa que potser no és mosso, que és un senyor d'aquests que es despulla en comiats de soltera i que torna a casa magrejat i amb els calçotets plens de bitllets de deu. O de vint, ella n'hi posaria de vint, què carai! Un bon feix que faci encara més embalum al seu dotat entusiasme frontal. Per això l'envergadura. La percep des de la finestra estant, però no pot delectar-s'hi gaire estona perquè el mosso es gira i s'atura davant el seu portal. Remena un reguitzell de claus abans de trobar la correcta, s'endinsa en la foscor del portal, desapareix dels ulls de l'Eva, però la fletxa s'eleva per la façana fins al quart pis, tot fent intermitències. Un parell de minuts més tard, s'obre el llum de la seva finestra i l'Eva pot veure com es treu la jaqueta de l'uniforme i s'espatarra al sofà. Qui sap si ho fa expressament, això de tenir uns finestrals tan grans descoberts. Descoberts com la gavardina d'un pervertit. Qui sap si vol que algú el vegi, sense la jaqueta. Si vol que l'Eva el vegi i pensi que un home com ell li aniria bé, que és la mena d'home que està esperant una mare de bessons perquè li solucioni els problemes de solitud o enyorança, o d'esgotament, o d'inseguretat, encara no ha determinat quin dels molts mals que pateix és el més adequat fer-lo sufocar amb la companyia d'aquell home que li agrada tant observar a través de la finestra.

Havia quedat que la resposta al seu malestar havia de venir de fora i, així, mirant per la finestra i havent-lo descobert a ell, té bastant clar que el destí li està proposant alguna cosa. Li està proposant el mosso. Així que s'hi acostarà amb qualsevol excusa, un dia d'aquests —demà a primera hora, per exemple—; un dia en què senti que ja no té res a perdre i que tirar milles és una bona estratègia. Per desencallar una realitat que la té varada, més que res, com una sirena que no pot tornar al mar, enredada entre les algues de la platja. Assaja com li dirà que el necessita per desencallar-se. Que sembla mentida, però que vol un home altre cop a la seva vida. Que ja no sap viure sense tenir-ne un a prop, que sembla mentida. Que s'ho cregui quan li digui que un senyal gens subtil del destí, aquella fletxa de llum que l'assenyala tothora, li diu que vol que sigui precisament ell. Li explicarà que l'han abandonada i que no sap per què, tot i que ho sospita. No li voldrà fer pena, però n'hi farà una mica. Li dirà que no li guarda gaire rancor, al seu marit. El drena com pot que, vulgui o no, és el pare dels seus fills. Però que per això no ha de patir. Que no tindrà competència perquè si d'una cosa n'està segura és que en Miquel no tornarà. Però tot això no l'hi pot dir així, d'entrada, que se li espantarà. Com s'ho farà? Fa molt que no té una cita. Ni se'n recorda de l'última vegada. Però té clar que no farà com la resta de dones. Fer-se les trobadisses, establir-hi conversa i creuar els dits perquè no tingui parella mentre resen que algun dia les truquin truquin. I esperar. I posar un ciri a la verge. I tornar-se a fer les trobadisses, cada vegada més maquillades, cada vegada amb les faldilles més curtes. Amb les expectatives més curtes, també. No. Anirà de cara a barraca. Que se li espanti, si s'ha d'espantar és que aquell home no la mereix. Així que pensa disparar amb tota l'artilleria de la veritat. I com que la veritat es pot explicar de moltes maneres, s'inventarà algun pretext o farà coincidir el pretext amb el problema real. Pensem-hi: Per què a l'Eva Botet li podria fer falta un home policia?

Eva Botet, desapareguda

Era evident. A algú havia de denunciar un fet de flagrant rellevància, almenys per a ella i els bessons. Un fet que feia més i més soroll cada dia, el terrabastall de l'absència, de la seva pròpia absència. Perquè es va adonar que no era al Miquel a qui enyorava més sinó a ella mateixa. De fet, els vaticinis de la seva sogra s'havien fet realitat: arribada la mare, l'Eva Botet havia desaparegut. Allò que havia estat ja no hi era. Es mirava al mirall i una dona amb aparença de supervivent en una apocalipsi zombi li tornava la imatge. On era? On s'havia ficat? Els seus fills necessitaven una mare, però ella necessitava la dona que havia estat, una essència que s'havia fos com en el somni, compartint l'horror amb les aspirines. Desfent-se en l'emergència imposada a la seva pròpia respiració, se l'havia empassat la terra. Això li passava.

—I no vols que es pensin que no saps què et passa? —li solia dir, la Victòria.

—No, no! Ha de semblar que sé què em passa!

—I què et passa?

—Que ho tinc tot molt clar, tot!

I l'Eva va pensar que abans de trobar-se a ella mateixa, era molt més senzill trobar un home. Que d'elles mateixes només n'hi havia una i d'homes n'hi havia a pilons. Però un de sol, aquell en concret, ja li aniria bé, molt bé. Que el necessitava com l'aigua; que sola no se'n sortia de res; que feia pena; que en realitat no trobava a faltar en Miquel, que trobava a faltar una presència a l'altre costat del llit, algú a qui fotre-li les culpes quan se li cremaven les torrades; un senyor a qui tolerar en els mals moments i a qui estimar com una boja quan l'humor l'acompanyava, la setmana bona de cada mes. O, com li deia la Victòria, que només li volia bé: «Un *querido*, et fa falta, nena!»

Però l'Eva no vol un *querido*, un clau dels que treuen un altre clau. Vol un company i el vol ara. Que s'ha acostumat a viure en parella, allò que es pensava que no li passaria mai, una dona feta a si mateixa, on vas a parar! Una dona que, un cop entrada en la dinàmica dels cossos complementaris, no en fa prou amb la seva antiga, preuada solitud. Buscarà un home que li faci de pare, aquest cop. Res de criatures, que ja en té dues i no en vol més. Necessita que la cuidin i li diguin per on tirar. Que s'ha fos. Que tot el que ha estat se li havia escolat entre les cames quan va parir. Que no els ho retreu, pobres, dolces criatures, quina culpa en tenen de venir al món per apoderar-se'n?

Empaquetats els nens dins el cotxet, l'Eva enfila camí a la comissaria. No s'ho pensarà dues vegades. Anirà de dret a aquell home, demanarà per ell, n'ha vist el nom a les bústies: Andrés Fernández Cuevas.

—Amb el senyor Fernández Cuevas, sisplau?

—Qui el demana?

—Eva Botet, és personal. Soc veïna seva... coneguda... amiga. És una mica urgent i delicat per dir per telèfon. —No sap què dir per no semblar sospitosa de res.

L'agent que la rep al taulell de l'entrada se la mira primer a ella, després als bessons. Es queda molta estona mirant el Bru abans de contestar:

—Ara l'aviso, si es vol esperar allà...

Mentre l'Eva va pensant amb quin pretext s'adreçarà a l'home policia que ha anat a trobar, s'asseu a l'extrem de la filera de cadires que flanquegen la sala. Sis persones més s'hi estan, espera que no sigui per veure el seu agent Fernández Cuevas, que no sap quanta estona dormiran, els nens, i llavors, si es desperten de la manera que solen despertar-se en un entorn que no coneixen, potser haurà de tornar cap a casa corrents. I no podrà dir-li allò que li ha vingut a dir i que no pot esperar. No sap encara ben bé què, però ja se li acudirà.

Sis persones assegudes l'una al costat de l'altra de les maneres més heterogènies en què la genètica, la cultura o la disposició física hagi pogut disposar. L'un, un jove de cara volcànica —plena de cràters— s'asseu amb les cames esbatanades, talment com si la dreta estigués renyida amb l'esquerra i volguessin estar cadascuna a una punta de món diferent. Tot menys estar juntes. Està clar que les cames del noi de la cara volcànica no se suporten, cosa que l'hi deu portar fluixa a la senyora del seu costat, que mira de guanyar tota la distància possible posant ben plegadetes ambdues potes —perquè a allò que té per extremitats la pobra dona li haurien faltat uns mesos més de gestació per arribar a ser un parell de cames i no dues potes. I les du enfundades dins unes mitges balderes, prou transparents per poder veure unes quantes nafres que no semblen ser superficials. Que venen de dins, de les que tenen arrels. Aquesta dona potser és de les que, com ella, pren malament les mides dels escaires i topa amb els cantells de les portes, les taules i qualsevol element arquitectònic. I, al cap del dia, acaba amb les cames plenes de blaus sense saber ben bé d'on han sortit. Els sol descobrir en despullar-se quan es mira al mirall. Però allò, a l'Eva, no l'entristeix, ho té com a part indestriable de la seva manera d'anar pel món. En canvi, a aquella dona, se li veu una tristesa als ulls, una pena de les que surten del moll dels ossos i arruga la carn com la d'una pansa i fa que les mitges et vagin balderes, transparents a la fragilitat inocultable. Com l'home cepat que ocupa el lloc de dos. Té una galta de cul a cada seient, el Kunta Kinte que s'ha menjat el Kunta Kinte. Du un peu ortopèdic i té una mirada de bonàs que no se l'aguanta, potser és perquè mira els nens de l'Eva mentre dormen. A qui no entendreix mirar els nens mentre dormen? A l'home gros se li humitegen els ulls i estreny la mà de la noia del seu costat, que reposa el cap tendrament sobre ell. També hi ha dos homes grisos, un tirant a antracita i l'altre més cap a gris perla, se'ls miren amb certa enveja, això ho suposa pel to verdós que prenen, camaleons de les pròpies penes.

Ves a saber els motius pels quals són allà, totes aquelles persones tan diferents entre elles. Què han robat o què els han robat. A qui venen a denunciar, quina alteració de l'ordre en les seves vides ha estat motiu suficient per anar a comissaria i estar asseguts a la filera de cadires que comparteixen? Potser només es van a renovar el carnet i això no és tan greu. A no ser que tinguin problemes d'estrangeria. Llavors no són al lloc adequat. Tanmateix, no seria prudent preguntar-los-ho, com tampoc es pregunta les dolències de les persones amb les quals ha compartit sales d'espera a la seva vida. Les d'una comissaria encara menys. Ho suposa i ja en té prou. S'ha de tenir un bon motiu per ser allà, esperant que algú amb autoritat formal sobre tu et resolgui la vida.

—Eva Botet?

—Present! —fa ella posant-se dreta com un ciri.

—El major l'espera al despatx. Vingui amb mi, sisplau.

Major? Déu-n'hi-do!, pensa l'Eva. I és que quan posa la banya en un forat, solen ser dels fondos. Com aquest. El seu home policia no podia pas ser un soldat ras: era un major. Major... (L'últim pensament el diu en veu alta i certa salivera. L'agent que l'acompanya al despatx l'ha sentida.)

—Li sorprèn això de major? No eren amics?

—Amics, coneguts, del barri... No sé gaires detalls personals del major...

—Sí, és recent, l'ascens. A l'Andrés, pobre, li ha canviat la vida en dos dies. Però això és bona notícia. D'allò altre no se n'ha refet...

—Ha de ser dur —diu l'Eva sense tenir ni idea de què li està parlant, però agraint molt la indiscreció del subaltern, que, pel que està intuint, té la llengua descargolable. Li estirarà, per veure què dona de sí—. I tan jove!

—Jove? Si que el veu amb bons ulls... que ronda la seixantena, eh? —fa, el bocamoll barbamec de l'agent Celestí Schubel.

—Celes, d'això no n'ha de fer res, la senyoreta! —fa una veu molt, molt viril que surt de la porta entreoberta.

—És aquí? —pregunta l'Eva.

—Sembla que sí, respon l'agent assenyalant les lletres daurades de la porta. A no ser que aquest d'aquí dins sigui un impostor, llavors el cartell perdria tota la seva essència. Un cartell que diu mentides és la cosa més traïdora que et puguis tirar en cara.

—Celestí! Què t'empatolles!

—Doncs això, llegeixi: «Major Andrés Fernández Cuevas». Tot apunta que sí, senyoreta Botet, encara que no se sap mai. La vida és plena d'usurpadors. Ves a saber qui l'espera aquí dins —li diu, picant-li l'ullet.

Quan obre la porta, somriu moltíssim a l'home que s'està darrere l'escriptori. Anuncia l'Eva. El major la fa seure. L'agent Celestí Schubel es retira.

* * *

Quin home!, pensa. Millor. Que les distàncies enganyen i, fins aleshores, només l'havia vist de lluny i de lluny *todos los gatos son pardos.* Sobretot quan tens ganes que ho siguin. Però ell resulta ser molt més del que havia projectat i això que només pot veure el tros d'home que es mostra assegut rere l'escriptori. No es vol ni arribar a imaginar què queda ocult sota la taula. S'ha de centrar, si més no en les extremitats superiors que la saluden amb la professionalitat d'un agent de la llei i la gentilesa formal d'un home dels anys cinquanta. Totes: el tors inclinant-se-li lleugerament cap endavant, un braç col·locat en angle de noranta graus sobre la taula i l'altre estès amb el palmell obert, tot assenyalant-li la cadira. I el cap... Ah! quin cap! És la cirereta d'aquell home-rere-l'escriptori; uns cabells tan frondosos que semblen un casc, negres com el betum amb què els llops pinten les seves goles, pentinats sense por que Cary Grant el denunciï per plagi. Però els morts ja no poden denunciar ningú per imitar-los i gràcies. Aquell home policia és un vivent homenatge a l'actor més encantador de la història del cinema.

—Li han dit mai que vostè és clavat a Cary Grant?

—Sí. La meva dona m'ho deia...

—I ja no l'hi diu?

—Ja no. Ja no diu res.

—Ja sol passar, als matrimonis... Al final la rutina i el silenci són una sola cosa.

—És morta.

—Vaja —(vaja: un visca! disfressat).

—Perdoni, a què devem aquesta visita? No rebo visites personals normalment... Diu l'agent que demana per mi a títol personal, oi? Jo a vostè la conec del barri... Senyora Botet es diu?

—Botet, sí. Eva. Digui'm Eva. I sí, ens hem vist alguna vegada. Vivim al mateix carrer. Jo a l'edifici de davant del seu.

—Vostè dirà...

—Miri senyor Fernández Cuevas, és que no sé per on començar perquè no es pensi que estic sonada. Tinc una vida una mica complicada, difícil d'explicar sense que provoqui cert punt d'estupefacció. Que normalment tant me fa, que la gent es pensi el que vulgui, però vostè no. Perquè el que li vinc a demanar m'és de vital importància. Vital. És qüestió de vida o mort. I ja sé que hi ha circuits per donar curs a la qüestió que tot seguit li plantejaré. Ho sé. Sé que s'ha de formalitzar una denúncia, que no cal que hagin passat 72 hores, com a les pel·lícules, que sempre surt un pare o una mare o un familiar alterat trucant a la policia per alertar que no troben un familiar, que sospiten que l'han raptat o ves a saber què. Que l'ha dinyada o l'han pelat, que al cap i a la fi són la mateixa cosa... I el policia de torn no els fa cas i els tracta d'histèrics o els contesta tèbiament que fins que no hagi passat un període de temps concret, no els ajudaran pas a buscar-lo. Que la majoria dels casos es resolen sols, solen ser adolescents amb ganes de donar la nota que es penedeixen al cap de poc o se'ls hi acaben els calés i tornen, sempre tornen.

—Perdoni, senyora...

—Senyoreta.

—Senyoreta, és que em sembla que intueixo per on va, però no entenc per què m'ho explica tot això...

—Que vinc a denunciar-li una desaparició, agent, major. A vostè i a ningú més, per motius personals.

—A qui busca? —fa ell, a mig camí de l'intriga i el desconcert (és la primera vegada que algú el necessita a títol personal).

—Busco l'Eva Botet.

—Es diu igual que vostè? —aprecia el major, suspicaç com el nen que s'adona que el cavall blanc de sant Jaume és blanc, en efecte.

—Sí, es diu igual que jo perquè soc jo. O era jo, això ja no ho sé. De fet, sé molt poques coses i en percebo moltes. Per això necessito ajuda, la seva en concret i no la de cap agent de la científica sense cor. I no es pensi que no ho he intentat de trobar-la jo mateixa, l'Eva Botet. Soc una mica del gremi, era. Era, havia estat investigadora privada. Detectiva, m'agradava dir. Havia estat moltes coses, moltíssimes. Però em reconeixia en totes i cadascuna d'elles. La identitat, aleshores, quan m'obria pas al món laboral, no era pas cap problema per a mi. Jo era l'Eva Botet i punt, el meu currículum m'explicava a bocins, però jo sabia qui era. Els que tenien problemes eren els altres, els que estenien un vel de suspicàcia damunt de cada canvi de barret que indicava la meva vida laboral... He estat tantes coses! Si l'hi expliqués... però ara no ve al cas. Perquè allò ja no és el tema: ara el tema és el punt de fuga que es va obrir quan em vaig casar.

—I què va passar?

—Que la vaig cagar, agent.

—Major.

—La vaig cagar, major. No ho hauria d'haver fet. No amb aquell xitxarel·lo. Un nen, el fill de l'amo. A qui se li acut casar-se amb la feina? Però em vaig enamorar, em sembla. Anava molt empitonada, sap? Acabava d'aconseguir el contracte de la meva vida després de mil anys a l'atur: mil anys. Vaig veure caure ciutats, civilitzacions senceres mentre buscava feina. I aquella l'hauria feta bé si no l'hagués portat al terreny personal. No vaig ser gens professional.

—No és veritat, la feina s'ha de portar al terreny personal. Tot s'ha de portar al terreny personal. Som persones! I vostè deu ser molt persona...

—Molt.

—Per això m'ha vingut a veure.

—Sí, perquè soc molt persona.

—I per què... —fa ell, pensant-se que tot allò era una mena de broma dels seus companys, que últimament estaven molt, molt, molt pesats a buscar-li parella. Sobretot en Celestí, cosa dels noms, que amaren els portadors de la seva història.

—Per això i perquè l'he vist per la finestra. Ahir al vespre. I abans d'ahir també. El miro sovint, quan cau el dia i torna a casa.

—Perdoni, com diu?

—Sí. Ja sé que no s'ha de fer. I que en aquest precís moment deu pensar que em falta una bullida. De fet, deu pensar que em falta una bullida de fa molta estona, però com que és amable m'està seguint el corrent. Me n'aprofitaré, si li sembla bé, de la seva cortesia. No s'ha enamorat mai a primera vista? Doncs jo sí. Estava immersa en la meva vida quotidiana... —fa ella, assenyalant amb el cap els dos nens que dormen dins el cotxet— ... estava immersa en la meva solitària vida i vaig mirar per la finestra. Aquest, el viatge dels ulls, és l'única trapelleria que ens podem permetre algunes dones, escapar tan lluny com ens deixa la vista, no la imaginació: la vista. Així és un escapisme més real, sotmès a les lleis de la física, vull dir. Tan lluny com els ulls et puguin portar. Ho feia per veure si trobava una resposta fora de mi, algun senyal que em revelés què hi feia en aquesta vida. I llavors el vaig veure a vostè. Em feia vergonya mirar-lo. Aleshores vaig recordar que l'última vegada que m'havia fet vergonya mirar un home va ser un que vaig estimar molt, abans que la cosa fos oficial, quan no tens permís per mirar amb lascívia una persona qualsevol. I no se m'espanti, sisplau. No vaig pel món carregada de mainada i declarant-me al primer paio que veig per la finestra. El destí l'apuntava a vostè, major, amb una fletxa de llum incandescent. Jo la veia, la fletxa damunt del seu cap. És un do que tinc, les oportunitats se m'assenyalen. Així és com no en deixo escapar ni una.

L'Eva Botet se'l mira uns segons en silenci per veure si, entre una breu treva d'aquella ràfega d'hilaritat, ell se sent incòmode. I és que la veritat, segons com s'explica, pot tenir efectes pertorbadors. Però veu que no, que li aguanta la mirada i que recolza el cos lleugerament endavant, mostrant predisposició a més relat del seu. El cas és que l'Eva no sap que el major es pren això tan poc plausible que li està explicant com l'emanació abrandada d'un romanticisme infantil, o digueu-li com vulgueu. L'home interpreta en clau pràctica l'Eva Botet: Hi veu una dona desesperada que s'ha enamorat d'ell i se li declara tan originalment com pot per cridar la seva atenció. I el cor se li estova. Per la seva banda, l'Eva n'és conscient que el seu estrany relat està ple de disquisicions fora de tota lògica, però són les disquisicions que a ella li funcionen quan les diu amb convenciment. Com les paraules dels mags. Li solen funcionar, prestidigitadores, si més no abans, quan encara no havia desaparegut. Abracadabra.

—Ara no sé qui soc —li diu—. Sí. Soc unes mans que canvien bolquers, uns pits que ja no fan bonic i tampoc ragen, un cos que s'arronsa sobre la meitat d'un llit de matrimoni, una filla sense pares a qui, de cop i volta, li importa no haver-ne tingut, una jove sense sogres... i ningú em coneix, només un parell de vells que en dos dies seran a l'altre barri.

Vaig néixer del no-res i moriré per combustió espontània, cremada per una vida que es frega com un misto sobre el meu cos.

—No ho digui això, senyoreta... —fa, el major, atansant-li un mocador de paper que xoparia la llàgrima que comença a fabricar-se-li en algun racó de l'ull.

—No en queda res de mi —continua, ja en un to més serè, però igualment pertorbador, si no fos pel context d'íntima validesa que s'ha creat entre els dos desconeguts—. De mi, no en queda res. El dia que això que té a davant seu sigui un piló de cendres, ningú sabrà dir a qui pertanyien. Amb sort serviran d'adob i, llavors, la meva vida haurà servit per fer créixer alguna cosa més que dubtes i perquisicions constants. I dos fills es faran grans amb una mare-sense-dona i només veuran això, la mare, la closca de cranc ermità que es posen les dones que sobreviuen gràcies al manteniment i la reposició de les seves carcasses. Amb les que sovint fan via. Però als fills tant els fa la condició natural de les dones que els fan de mares! Normal, pobres i tendres criatures, no en tenen cap culpa d'haver-nos fet desaparèixer. D'haver crescut sobre nostre, enfonsant les arrels sobre la nostra carn. Floriran perquè nosaltres ens marcim. Més ben dit, ens marcirem, i els més afortunats podran fer-ho amb un somriure, perquè ells floreixin amb l'esplendor de l'arbre de la vida. Perdó, parlo per mi. N'hi ha que s'hi troben, en la maternitat. Jo m'hi he perdut. I han passat molt més de 72 hores, agent, major, potser ja he fet massa tard i m'he perdut per sempre. Què en pensa? M'ajudarà a trobar-me?

El destí o alguna força per l'estil

Que si l'ajudaria a trobar-se, li ha dit. Ell s'ha quedat garratibat, però de seguida té una resposta. (No en va, l'apuntava la fletxa del destí, aquell home tenia una resposta per a tot, fins i tot per a ella.)

—Senyoreta Botet...

—Eva, per favor.

—Eva, comprendrà que el que m'exposa no és gens habitual...

—Ja ho sé...

—Les desaparicions normalment les porta un altre departament. Vostè ha tirat una mica pel dret... I així no es fan les coses.

—Disculpi, no ho he pogut fer pitjor... Jo...

—Deixi'm acabar! Que jo bé que l'he escoltada... Miri, ja l'he calat. No calien tants gires i tombes, les coses no es fan així. Ja sé el motiu de la seva visita: vostè em volia posar contra les cordes perquè no vol perdre el temps. I podien haver passat dues coses: que m'espantés o que m'intrigués. I no m'ha espantat, cregui'm. Ha anat a petar amb l'home correcte. He arribat a major i a mi res m'espanta. He vist de tot, com s'imaginarà, i vostè, precisament vostè, no m'espanta. Tot el contrari. En parlem després.

—Després?

—Sopant. Aquí té el telèfon d'una cangur, és de confiança. Pot pujar-hi de peus. A les nou al restaurant japonès de vora el riu, el que fa cantonada a la plaça Independència, li va bé? O si vol la passo a buscar per casa, com li vagi millor.

—Al restaurant em va perfecte! Així, m'ajudarà?

—Senyoreta Botet, Eva, ha portat l'assumpte al terreny personal. I cregui'm que ha captat tota la meva atenció.

S'acomiaden amb un somriure professional. L'Eva agafa el cotxet i fa mitja volta. Li costa acabar de girar; tot i que el despatx és gran, el carro dels bessons és poc maniobrable. El major Fernández Cuevas, s'aixeca per ajudar-la. Li obre la porta amb ràpida delicadesa. De darrere es despenja l'agent Celestí que, pel que els ha semblat, estava recolzat, enganxat, a la fusta. Cau a terra, juntament amb un pot de crispetes.

—Agent Celestí! Què hi feia rere la porta?

—Disculpi'm, major, és que era molt entretingut...

—No l'hi tingui en compte, major. Fixi-s'hi: Menja crispetes salades.

—I què?

—Doncs que així no és tan greu —fa l'Eva, ajudant l'agent Celestí a incorporar-se...—. Pensi que el món es divideix en dos tipus de persones: els que mengen crispetes de colors i els altres. Ell és fidel a les crispetes blanques. De l'antiga escola. Se'n podrà fiar sempre.

—Les de mantega també m'agraden —puntualitza l'agent Celestí tot recollint l'escampadissa amb les mans.

—Les de mantega compten com a salades: això vol dir que és bona persona.

—Ara que ho diu, a mi també m'agraden les salades —fa el major, que també vol formar part del club de les bones persones. De sobte un dubte—: Però alguna vegada n'he tastat de les altres...

—Millor, això vol dir que és humà. I tothom es pot equivocar. Com l'agent Celestí, que també s'ha equivocat una mica.

—Jo... Ho sento. No sé què dir. Vaig a buscar una escombra.

* * *

Quan l'Eva ja és fora, l'agent Celestí diu i rediu al major Fernández Cuevas que ell no ha tingut res a veure amb la visita de la senyoreta Botet. L'hi jura i l'hi perjura. Sí que va muntar-li les trobades ocasionals amb la senyoreta Prat, soltera enrocada molt còmodament als anys noranta, tot i que el seu cos s'entestés a haver-los sobreviscut uns quants decennis; amb la senyoreta Sanchís, que va resultar un frau perquè només volia que li traguessin les multes, i amb la senyora Calvo, que, al final, després de molts subterfugis, li va acabar confessant que estava casada. Que ja ho podia haver deduït, que per això era senyora i no senyoreta. Però l'agent Celestí va passar per alt aquell petit detall, com els pèls de la barba de la senyoreta Genoher. Manies, pensareu. Però és que el vidu Andrés Fernández Cuevas, flamant major dels cossos de seguretat de la Generalitat, podia passar per alt tots els defectes del món, però no una persona mal afaitada. Que ell s'esmerçava a decapitar fins a l'últim porus d'on emergís el cap d'un pèl. No se n'escapava cap racó: Tenia un clotet rodó com si algú li hagués enfonsat el dit petit enmig de la barbeta. Un forat que li costava mantenir polit, però que cada matí aconseguia que lluís tan net com la resta de la cara. Abans sortiria al carrer amb pijama, despullat o arrossegant les pengívoles vergonyes; abans sortiria així que sense afaitar. Per això no perdonava que la senyoreta Genoher dugués barbeta incipient. A ell tan li feien els cànons de la nova feminitat, s'enfonsaria gustós enmig del tou de qualsevol pelussera del seu cos lliure. Però pèls a la cara, no. Aquella dona va ser l'última abans que aparegués l'Eva amb els bessons. Totes van ser cites que li havia arranjat, sense permís, l'agent Celestí, que se l'estimava com un pare i que volia que fos feliç. Perquè el coneixia de feia molts anys i sabia que, després de la mort la seva dona, no aixecaria cap si no era en parella. Que era d'aquells homes que no saben estar sols. Tampoc tenia el llistó gaire alt, no us penseu, només que no havia tingut sort. Fins que, per iniciativa pròpia, va entrar a la comissaria aquella dona demanant per ell. Amb dues criatures de cotxet, però sense anell de casada i una cara plena de pigues, lliure de pèls. Si la cosa acabava bé, volia que quedés clar que ell no hi tenia res a veure. Que havia estat el destí o alguna força per l'estil, igual de poderosa i magnètica, tan carregada de sentit, tan imantada, com ara la coincidència.

Al Cafè de la Riba

El Cafè de la Riba és un restaurant, no un cafè. Tampoc hi ha res en el seu nom que faci pensar que es tracta d'un restaurant de cuina japonesa. Però no s'està per subterfugis pel que fa a la seva ubicació: el Cafè de la Riba està penjat a la riba d'un riu. Un riu quasi absent però amb prou aigua per reflectir les façanes de les cases de colors esvaïts que s'hi emmirallen. L'Eva es mira els cuiners que feinegen a la barra des de fora, esperant encomanar-se una mica del seu tragí, com qui imposta una ràpida respiració per motivar-se quan s'està desinflat. És una tècnica senzilla. Respira ràpid per posar-te en situació. Ràpid com els ganivets laminant els braços de sushi. Què hi fa ella, allà? Feia mesos que no tenia una cita. De fet, encara tenia en Miquel al cap, però per treure-se'l, tenia clar que un altre s'havia d'enfonsar on ell s'havia clavat. Ho havia d'intentar. I aquell que l'esperava a dins enclenxinant-se amb la mà la frondosa cabellera, era més gros que en Miquel i que qualsevol home amb qui hagués estat. Per tant, no s'havia de ser gaire llest per veure que un home així dins seu, dins del seu cor, vull dir, taparia ràpidament el petit ésser que havia estat en Miquel, el prenyador intermitent, l'abandonador-de-dones-amb-bessonada. Un home així per força l'havia d'ajudar a trobar-se. Quanta comoditat trobaria en el seu cos! Quin rastre de cargol havia deixat des de casa seva a les portes d'aquell restaurant! Entra. Està assegut en una taula de dos enganxada a la finestra que dona al riu. Quan la veu, la rep amb un gran somriure, afilat i lluent com els ganivets que tallen sushi.

—Estàs preciosa —ho diu sense vacil·lar. Acte seguit s'aixeca, li recull la jaqueta i li enretira la cadira. Tot en un sol moviment.

—Gràcies. Disculpi el retard.

—Disculpada.

—És que he estat dues hores per vestir-me. No tinc res a l'armari... Res. Roba de prenyada; roba de postprenyada; roba esportiva. Pijames, molts; roba vella que faig servir per estar per casa. Roba d'abans d'estar embarassada, en què ja no hi cabo i no entenc per què, si abans m'anava bé i no estic pas més grassa. El cos, que diuen que s'eixampla amb tot el tinglado de l'embaràs, d'ossadura, vull dir. La caixa toràcica, els malucs. Tot es distancia entre si per deixar lloc als òrgans que es desplacen per deixar lloc, alhora, a la criatura. Per això he trigat dues hores a vestir-me. Perquè no tinc roba decent per a aquest cos que tinc ara. No m'hi havia aturat a pensar, sap? Anava molt bé, vestida amb xandall sempre. Però avui no podia ser i m'he posat molt nerviosa, molt. —Sospira—. Però he pensat que si m'ha convidat a sopar per trobar-me a mi mateixa, no calia que em disfressés gaire. Només anar una mica decent i prou. Això sí, abans de venir, ha passat la baba Victòria per aconsellar-me. I de passada li he deixat els nens... Me'n refio molt més que de qualsevol cangur.

—Ai, les àvies: els pilars del país! Què faríem sense les àvies?

—No és la meva àvia. Som amigues: És una mica tieta una mica iaia morta.

—Iaia... morta?

—Sí, d'aquelles a qui pregues, a qui demanes coses en la intimitat, com un petit lar. Qui no té un mort simpàtic a qui pregar? Altres coses no, però de morts tots en tenim. Passa que els meus, val més ni anomenar-los. Ara per ara, confio més en els vius. Però aquesta àvia que li dic és tot un cas a part. És una mena d'àvia d'un altre planeta. Veurà, el que li deia: a la gent gran l'has d'ajudar, és llei de vida; es fan grans i has d'estar per ells. Ella, en canvi, m'ajuda a mi. M'escolta, em diu les coses com són i com que m'estima com ho fan les vertaderes amistats, que són com un mirall, puc fiar-me'n.

—Va bé tenir persones en qui confiar. A mi quasi no me'n queden...

La cambrera s'acosta i interromp el que podia haver-se convertit en un inici depriment de la conversa, en el que ell li explicaria que estava tan sol d'ençà que es va quedar vidu. Que no tenia amics, només companys de feina, que s'hi passava tantes hores com podia per passar la vida per sobre i no prendre tant mal. Sort que no l'hi ha pogut explicar i que la cambrera ha aparegut. Ell demana per tots dos, amb una seguretat de mascle dels anys 50. En japonès, pronuncia tot orgullós:

—麺と種類豊富なお寿司を2杯お召し上がりください。家から飲むワインをどうぞ。.

—Perdoni, no l'entenc —respon la cambrera—. Si pot parlar català, l'hi agrairé.

—Disculpi, pensava ben bé que vostè, precisament, m'entendria...

—No sé què l'hi fa pensar —fa, mirant-lo fixament a través d'aquells ulls en forma de catana ajaguda.

—Dos rotlles de primavera amb amanida i dos de fideus cantonesos —diu l'Eva, procurant trencar la tensió.

—Això que demana és xinès. No en tenim, de menjar xinès, aquí.

—Doncs dues coses que s'hi assemblin. Com vostès i els xinesos.

Els ulls de catana ajaguda s'inflamen com dos sols rogents, rodonetes centrades en un blanc pur de cresta nevada. L'Eva troba que són ben bé la bandera del Japó, aquells ulls d'encabritada, però no gosa dir-l'hi. Suposa que és la mena d'exotisme que el seu acompanyant buscava, dirigint-se-li en l'idioma que hauria d'entendre, per respecte als seus orígens. Però la comprèn. Entén per què s'enfada. De qui són els seus orígens? No pas seus, potser dels seus pares o dels seus avis. No pas seus. I ella ha fet moltes més coses a la vida, sap perfectament qui és sense la necessitat de remetre's per sistema a la seva comunitat. És parida a la seva. La comprèn molt bé i aquí s'hi ve a menjar. Si la gent vol viatjar i practicar idiomes que es compri un bitllet d'avió i rodi món. Per això li demana disculpes per haver estat impertinent, graciosament impertinent, per haver dit allò que tothom pensa: «som tan ignorants que confonem xinesos i japonesos». Li demana disculpes i la cambrera les accepta tan professionalment com pot.

—No passa res. Mirin tranquil·lament la carta i avisin-me quan hagin decidit (que jo escopiré als seus plats rere les portes de la cuina, imbècils).

* * *

Havent demanat, és hora de començar la cita oficialment amb algun tema interessant que trenqui el gel i faci que tot flueixi. Però abans de buidar el cor, haurà de fer-ho la bufeta, pel que sembla.

—D'això... em disculpa? Haig d'anar un moment al lavabo. Ja sé que s'ha de venir pixat i cagat de casa, però què vol que li digui: m'he posat nerviosa i haurà d'excusar-me un moment. Soc ràpida, no es preocupi. No entenc per què algunes dones s'hi estan una eternitat al vàter. Què hi fan?

—Això, si no ho sap vostè...

—Res! Ja l'hi dic jo! S'asseuen a la tassa tancada i contemplen el sostre per fer esperar el paio de torn a la taula. Per fer-se les interessants. Això si hi van soles. Si hi van amb altres dones, la fan petar i us critiquen llargament. Per això quan s'incorporen a taula o a on sigui que s'hagin d'incorporar, us miren amb un somriure maliciós: us han criticat i cadascuna sap les misèries de les respectives parelles. Però això, les altres dones; jo no hi he trobat mai el gust a fer aquestes coses. Bé, que em pixo. I no va bé aguantar-s'ho, que una infecció d'orina ara mateix no m'aniria gens bé. No s'ha d'aguantar el pipí, mala cosa. Mala cosa! Ara torno.

L'Eva ja és al final del passadís a mà dreta, que és on són tots els lavabos del món, aquell inclòs, quan el major Fernández Cuevas s'adona que la noia ha deixat el seu mòbil damunt la taula. Desbloquejat. Un missatge emergent encén la pantalla. És de la Victòria: «Els nens ja dormen, estigues tranquil·la.» No se n'ha pogut estar de llegir-lo. Se sent malament. Però li ha agradat. Pensa que potser se l'ha deixat expressament, damunt la taula. Qui deixa un telèfon desbloquejat damunt la taula? Vol posar-lo a prova, a veure si és un home decent i no l'hi xafardeja. O vol que vegi alguna cosa interessant que no s'atreveix a explicar-li o que li explicarà més endavant, si la relació continua després d'aquella primera cita. El cervell del major va a mil per hora, però la seva mà encara hi va més. És ràpida, instintiva en quasi totes les coses que el cervell no mana que faci. Va per lliure: agafa el mòbil. Clica a galeria, li mira les fotos. Li sorprèn que n'hi hagi tan poques. En passa una, llavors una altra, i una altra. Es queda astorat. El deixa allà on estava, com qui no vol la cosa, com si no s'hagués comportat com una portera, com un assaltador d'intimitats, com un sequaç de la seva baixesa. Però és policia: ho porta a la sang, això d'investigar. Tanmateix, el que ha vist l'ha deixat astorat. Quan l'Eva torna a la taula no sap si sabrà dissimular, no sap si se'n sabrà estar de preguntar-li, d'alguna manera, per aquelles fotografies inquietants. Mira per la finestra i fa veure que s'entreté amb les anades i vingudes de les carpes gegantines que poblen el riu pobret.

—Aviat no hi cabran, aquestes, eh? —fa l'Eva, incorporant-se de nou a la taula—. L'Ajuntament o els de l'ACA o qui sigui, haurà de posar-hi senyals de trànsit subaquàtics per a aquests animals. Aix! Miri quines empentes! Si no saben cedir-se el pas, que no visquin a ciutat. Peixots horribles...

—Sí que fan una mica d'angúnia, tan grosses...

—I es veu que no tenen gust de res.

—Que les ha tastat?

—Jo? No... però ho diuen...

—Diuen tantes coses...

—Li passa res?

—A mi? Què m'hauria de passar?

—Ah, no ho sé, és que el veig tens, de cop i volta...

—Miri, Eva, li puc dir la veritat?

—Això sempre! Sempre s'ha de dir la veritat. La veritat per davant de tot.

—Que li he mirat el mòbil. Estava aquí al damunt de la taula i... Estava damunt la taula i l'he mirat.

—Voldrà dir que l'ha vist, ha allargat la mà, l'ha agafat i ha mirat alguns dels seus continguts?

—Sí, això he fet. Ho sento. No podria continuar aquesta cita amb una falsedat.

—La veritat per davant de tot, sempre: és la meva màxima. No es preocupi.

—Que bé! Perquè soc molt sincer. Si no dic el que penso se'm fa un nus aquí, veus? —s'assenyala al mig del coll—. Just aquí. I fa un mal! Això quan callo o quan dic mentides. Que és quasi mai perquè soc molt poc d'aguantar aquest dolor a la gargamella. Li he mirat el mòbil i em sap greu.

—Disculpat, li dic... I què?

—Què de què?

—Que què s'ha pogut mirar.

—Tres fotos... Com és que en té tan poques?

—Perquè no me'n calen més. Són instantànies de moments importants de la meva realitat recent. I tampoc en tinc tants, no es pensi. La gent viu abocada a fotografiar-ho tot, com si la vida se'ls escapés si no la capturen. Arreu un somriure amb la vida de fons. Doncs no, viure no és pas això per a mi: és tot allò que passa entre aquests moments importants, que..., com l'hi diria?, que la falquen. Però no em pensava que parlaríem d'aquests moments encara, és molt aviat.

—I ara! Mai és aviat per parlar de coses importants! A més, m'han deixat molt intrigat. Podem parlar de les fotos, oi? La primera és del seu part, a l'hospital, quina foto més bonica. La segona m'ha semblat un enterrament. La tercera, alguna espècie de broma... Parlem-ne. Expliqui'm qui és la dona que hi ha a les fotos, Eva. És una bona manera de conèixer-la una mica més, oi?

L'Eva no sap si aquella deriva acabarà jugant al seu favor. Però tant se val, pensa. Les cartes sobre la taula. Si aquell tros d'home ha de ser algú rellevant per posar fi al seu malestar, el clau que ha de treure l'altre clau per sempre, l'hi explicarà tot des del començament. De fet, aquelles fotos no són res més que un historial gràfic dels seus últims temps. Si les hi explica, entre tots dos potser podran recompondre el que s'ha perdut entre fotografia i fotografia, la vida esgarriada de l'Eva Botet. Finalment, si aquell home val la pena, aguantarà fins a la tercera instantània.

—Comencem, va. —L'Eva posa el mòbil al centre de la taula i obre la primera fotografia.

—Comencem per la més estranya?

—Quina pensa que és la més estranya, major?

—Aquesta. La que està amb la farmacèutica i du una mitja al cap (sé que és vostè pel collaret, senyoreta Botet, és aquest mateix que porta avui).

—Aquest? El porto sempre.

—És molt bonic. Què hi diu? —fa ell, fregant-li la joia amb les puntes dels dits, com si sabés llegir.

Ave, Eva!

La primera foto que l'Eva mostra al major mereix una bona explicació que va més enllà de la simple descripció que jo us oferiré. L'explicació la deixo per a la protagonista d'aquesta història que prosseguirà tot seguit d'aquest paràgraf. Aquí ens centrem en la fotografia de la qual podrem dir només el que s'hi veu: dues dones en primer pla. Una és clarament una dona, té uns atributs tan potents que no li corda la bata (és farmacèutica perquè duu una bata blanca i està en una farmàcia, rere una caixa registradora; qui podria portar una bata blanca seria un metge, però no solen ser a les farmàcies i rere caixes registradores). Que l'altra persona que apareix a la imatge també és una dona s'evidencia no pels atributs, pràcticament inexistents, sinó per la llarga cabellera que emergeix sota la mitja que s'ha posat al cap. De marca X i de talla M (surt l'etiqueta de la costura central, situada normalment entre les natges, però que ara s'està al front de la dona que s'ha posat aquelles mitges de color beix de 20 deniers al cap). S'abracen i somriuen a la càmera. En segon terme una tercera dona (porta ulleres de pasta i una boca prima, pintada de granat). Treu el cap porugament per la porta de la rebotiga. L'expressió d'aquesta tercera dona és de desconcert amb certa pàtina de pànic.

—Aquesta de la mitja al cap és vostè. L'he reconegut pel collaret.

—Aquest? És un regal. De la senyora Victòria. Me'l va regalar poc abans de parir. Jo li vaig dir que per què el volia, jo, un collaret amb les lletres del meu nom, que ja sabia com em deia i que l'altra gent no n'havia de fer res (soc així d'agraïda, sap?). Ella em va dir que ja ho entendria més endavant. Però que en definitiva era perquè no oblidés mai qui soc. L'Eva. Per això ho havia de dur penjat del coll, amb un penjoll curt, que no quedés fora del plànol de cap mirall. Que quan m'hi mirés veiés el meu nom. Eva. I jo li vaig dir que no veuria exactament el meu nom, si mirava les lletres del collaret a través del mirall (soc així de torracollons, sap?). Li vaig dir que el veuria a l'inrevés. Llavors, no llegiria «Eva», llegiria «avE». Ella em va respondre que precisament, que ja ho entendria més endavant, però que el meu nom amagava moltíssims significats. Del dret i de l'inrevés. «Ave», què vol dir «ave»! Li vaig replicar. I ella, sense tractar-me d'imbècil, mai em tracta d'imbècil tot i que em fot canya; la Victòria em va contestar: «*Ave*, nena, en castellà, vol dir ocell. I els ocells són éssers lliures. Com tu.» És tan maca, la Victòria! Vaig somriure i em va agradar més aquell collaret. Li vaig dir gràcies i ella em va dir que allò no era tot.

—Que no era tot?

—No. *Ave* volia dir més coses. En llatí *ave* l'usaven els romans com una salutació.

—*Ave, Caesar!* —diu, el major, procurant-la seguir.

—Exacte! *Ave*, del verb *avere*, 'estar bé'. Un imperatiu a vegades difícil de complir, però que només expressa bons desitjos per part de qui el diu. *Ave!* és, estigues bé, *Ave Caesar!* D'altra banda, hi ha l'oració catòlica dedicada a Maria com a mare de Jesús, basada en l'evangeli de sant Lluc: *Ave, Maria!*... L'estic avorrint, oi?

—I ara! Deia això de l'*ave, Maria*...

—Doncs això; Déu vos salvi, Maria, plena de gràcia i tal i qual...

—Sí, sí...

—Doncs que el meu *Ave*, en sentit llatí és subversiu! És un «*Ave*, Eva!» Ho entén?

—No... per què subversiu?

—Subversiu! Que què «*ave*, Maria» ni què «*ave*, Maries»: «*Ave*, Eva!» La primera dona, la de veritat! La que volia ser més que una simple dona d'home! La que portem anys fent servir de mula expiatòria!

—Es diu «boc expiatori»...

—Un boc? Un boc és una cabra domèstica! No, home, no! Una mula! Que ens ho carreguem tot, les dones. Estirem els carros, tots! I llaurem la terra nosaltres amb esforç, no el paio que va dalt la mula, sap? «*Ave*, Eva», el collaret reflectit al mirall, em recorda quina mena de dona soc i la importància de les ales per als ocells. Me l'estimo molt, aquest collaret. I a la Victòria també. Sap? A ella sí que li diria «mare». Però no ens cal. M'agrada més dir-li pel seu nom, que per això en té un.

—*Ave*, Eva! —fa el major, embeinant-se per prudència qualsevol rèplica de gènere—. D'això..., i les mitges al cap? La de la foto?

L'Eva va dubtar per uns moments si explicar-li la veritat sobre aquella foto o inventar-se una història més rocambolesca que la simple realitat. Aquell home li agradava, tenia la intuïció que, només amb l'atracció que havia sorgit com per art de màgia aquell dia que el va veure per la finestra, aquella atracció la salvaria de l'estat en què es trobava. Però ja s'estava mostrant tal com era, ja li estava explicant tot el que li sortia a raig del cap i no venia d'una veritat més, molt seria que aquell home que havia pescat en una comissaria fugís del restaurant cames ajudeu-me. Li diria la veritat sobre aquella foto i sobre totes les fotos que s'havien proposat comentar durant el sopar. Aquella mitja al cap?

—Ah, aquesta? Un atracament.

—Un atracament?

—Sí —fa ella, empassant saliva—. Vaig atracar una farmàcia la setmana passada.

—No parla seriosament...

—Em temo que sí.

—Però, Eva! I per què m'ho explica, això? No veu que em posa en un compromís?

—I què vol, que li amagui les coses només de començar?

—Això no, això mai! La veritat per davant de tot.

—La veritat per sobre de tot: vaig atracar una farmàcia, sí, però per un parell de bones raons. Vaig anar-hi amb diners, no es pensi. No me'n falten de diners. Vaig pagar religiosament l'import de les vacunes, tenia hora al CAP el mateix matí. M'havia proposat posar-los-hi les vacunes, sap? Cada dia a la vida d'una mare sola és un cursa d'obstacles. I aquell dia els havia de posar les putes vacunes! Però el preu era escandalós. Un atracament. I tenia un mal dia, major... molt mal dia. Se'm van creuar els cables arribada al cotxe quan, l'última de la cadena de misèries que em va passar aquell matí va ser que se'm fes una carrera a les mitges. Quina ximpleria, pensarà. Però no. Allò va ser el meu... com en diria?

—El seu detonant.

—Això, el meu detonant. Me les vaig treure, aniria sense mitges. I què. Soc lliure com un ocell i puc fer el que vulgui! Les dones lliures van amb les cames lliures! Si pogués també aniria sense calces, però no entraré en detalls de per què no puc anar sense calces, almenys des que he parit. Un desastre. A les mitges, anem: és que m'hi havia gastat una picossada en aquelles putes mitges irrompibles, sap? I em vaig veure a mi mateixa amb els pantis a les mans i una profunda crisi existencial... No em faci dir com, però me les vaig posar al cap, per uns motius estètics que ara no li explicaré perquè no venen al cas. Un serrell mal domat. Una llarga història. I un cop posades al cap, em veig entrant a la farmàcia i cridant a plena veu que allò era un atracament, com si no fos evident que els estava atracant (els nens eren al cotxe amb el vidre una mica obert, no es pensi, havien de ser 5 minuts, no ho faig mai, això de deixar-los sols al cotxe).

—Com vol que em pensi que deixaria els nens sols al cotxe! Això seria imperdonable! Però... això de la farmàcia... Té una arma, senyoreta Botet?

—Res, els vaig apuntar amb els dits fent la pistola, però es van acollonir igual.

—Ah, bé! I com va acabar, la cosa?

—Em va donar diners de la caixa, la farmacèutica que hi havia rere la botiga no va ni sortir, es va cagar, i jo em vaig quedar davant el taulell, parant la bossa. Abans de creuar la porta per sortir volant d'allà, la farmacèutica em va cridar l'alto. El que em va demanar em va sorprendre i va fer plantejar-me si m'estava prenent el pèl. Però no. Volia que ens féssim un *selfie*.

—No m'ho puc creure...

—El que sent!

—La gent està sonada.

—Com una cabra.

—Exacte, com una cabra. Em va dir que volia un record del seu primer atracament i que ho penjaria al seu Facebook (sí, encara hi ha gent que fa servir això). Que no m'etiquetaria, em va dir, tot picant-me l'ullet. I jo hi vaig accedir, tota torbada per si aquell comentari era un acte de respecte o una amenaça. Arribada al CAP, aquell dia havia de posar les vacunes als nens, vaig obrir la bossa per comptar el meu botí i la sorpresa va ser grossa. Hi havia exactament el mateix import que m'havien costat les vacunes que havia comprat justament abans d'atracar-la. I m'hi havia posat també un parell de xumets de propaganda. Un de blau, un de rosa.

—No...

—El que sent. Aquella farmacèutica m'havia reconegut tot i duent la mitja al cap!

—Quin prodigi! I pensar que tinc agents al cos que triguen anys a tenir aquesta destresa!

—I el millor de tot és que no em va denunciar. A vostè no li ha arribat res, no?

—Que jo sàpiga, no.

—Doncs això... que ara ja ho sap. Entendré perfectament que no en vulgui saber res més de mi.

El major mira un moment les cases de l'Onyar. Com si a les façanes els haguessin de sortir boques i ulls que li expliquessin què havia de dir. Què havia de dir, si aquella noia, fes el que fes, li continuava semblant perfecta? Havia vist tantes pel·lícules d'amor en què els protagonistes es coneixien en circumstàncies estranyes, com ara la seva, i que acabaven molt bé. Que l'havien emocionat molt, la vida de totes aquelles persones turmentades per una existència buida sense amor i que se'ls havia arreglat tot coneixent la persona que el destí havia posat a la seva trajectòria. Com l'Eva entrant al seu despatx amb tota aquella història que s'havia perdut, fent-se la boja. Que romàntic.

—Doncs això: que ho entendria perfectament —repeteix l'Eva, veient que el major no li respon.

—Com?

—Que no vulgui saber res més de mi! Vostè és mosso, jo una atracadora! No podem estar junts, que no ho veu? No sé què m'ha passat pel cap convidant-lo a sopar.

—Un parell de precisions, senyoreta Botet: jo l'he convidada a vostè, i ni jo soc mosso tota l'estona ni vostè és atracadora tota l'estona. Oi que no ho tornarà a fer?

—De moment no en tinc pas la intenció.

—Doncs tot arreglat. Ningú és perfecte: pot pujar-hi a cavall.

—Ningú...

—Però tinc el pressentiment que vostè ho és per a mi. Ha sigut sincera, és una de les virtuts que aprecio més en una persona, no em cansaré mai de dir-ho. I com més parla més puc sentir que tota vostè és de veritat. O sigui que faci el favor de continuar explicant-me més coses. Més vi?

—Per favor...

—Digui prou.

—Prou —quan el vi és a vessar.

L'Eva en fa un glop, alleujada. Creu que ha superat la prova més difícil quan el major li pregunta per la següent foto.

—Continuem per la més desagradable. Per què guarda la foto d'un mort al mòbil, senyoreta Botet?

Estàvem molt units

Aquest és un autoretrat de família, d'aquells en què els grups col·loquen un pal al telèfon per fer-se la foto sense necessitat de fotògraf. Al centre de la imatge, una dona d'uns seixanta anys passats; l'envolten tres familiars que s'hi acosten molt en una actitud amorosa, com si tinguessin pensat penjar després aquella imatge a les xarxes socials. La dona del centre porta un recollit gasós, visiblement insubstancial, que s'expandeix amb totes les possibilitats que poden donar de si uns fins cabells mal decolorats, enredats expressament amb una pinta per alçar-se sobre la closca (un crepat de tota la vida). Sobre els ulls tancats, un ribet blau i a la cara, un rastre de rubor esfèric al damunt de cada pòmul. Aquella dona és morta. Es dedueix pel gris verdós indissimulable que deixa la mort sobre la pell humana. És una sort que les fotografies no desprenguin olors, perquè també us podria parlar del tuf que s'enganxa al color de la mort, de la mort d'aquella dona en concret. És una sort per a vosaltres que la fotografia sigui un transport limitat, com ho són la resta de les arts, escriptura inclosa. L'home més gran, just a la seva esquerra, la pren de bracet i hi enganxa la cara, amb un posat més aviat de circumstàncies, les que fan que la gent no sàpiga quina cara posar en determinades fotografies i hi surtin tots amb la mateixa: la d'aguantar-se la respiració, clavar la llengua rere les dents i tibar la rialla. La parella més jove, una dona sobre la quarantena i un noi més jove, se situen a la banda dreta. El noi, vestit rigorosament de negre, com l'home gran de l'altra banda de la morta, està seriós, tirant a trist. Però no plora, exactament, somriu amb condicions: té els ulls botits i la cara desencaixada de quan algú ha fet una marató de brams i sanglots. La noia, en canvi, està d'allò més contenta, els ulls li brillen i se la veu d'allò més desimbolta. Per l'angle de la foto, diria que és ella qui sosté el pal del telèfon i qui, finalment, deu haver premut el botó per capturar per sempre aquesta imatge en el record.

—Era el dia que vam enterrar la Remei, la meva sogra. Estem al tanatori, aquell tan bonic que hi ha als afores. Bé només n'hi ha un, no sé què xerro. Aquests sí que s'ho munten bé. Els reis del negoci i tots en serem súbdits algun dia. De dreta a esquerra: el meu sogre, un encant; la truja de la meva sogra, la morta del mig; en Miquel, el meu ex, i jo. Miri quina tofa —fa l'Eva, pinçant en obertura els dits polze i índex damunt d'ella per ampliar-la. Morta i tot: un espantall. Va ser un dia d'allò més estrany.

—Sempre ho són, els enterraments, d'estranys. Encara que no ho entenc per què tenim aquesta sensació, si tots acabem igual. Vostè ho entèn? Venim morint-nos de tota la vida i a la gent l'agafa sempre per sorpresa. Un enterrament és un acte de normalitat. Els homes normals morim i se'ns acomiada cerimoniosament, anant bé...

—Depèn de com s'ho miri. Hi ha gent que desapareix, com ara jo, i ningú li fa cap festa...

—A vostè la trobarem, senyoreta Botet, no es preocupi

que la trobarem. A més, a aquestes altures de cita, em sembla molt que ja sé què li ha passat. Però deixarem fluir tot el sopar, què li sembla?

—Em sembla bé.

—La seva sogra. De què va morir?, si no li fa res explicar-m'ho...

—D'un atac.

—De cor?

—De cor? No em faci riure! Quin cor? D'un atac de mala llet, va morir. Jo ja l'hi deia, que en tenia molta. Si en tens molta, no en prenguis més, Remei! I ella vinga llet per tot arreu, si se'n feia banys i mascaretes! Llet de burra, llet de cabra, de vaca, d'ametlles, d'espelta i d'arròs. Que ja ho sé, aquestes últimes no són llet en absolut. Però a ella li agradava portar-me la contrària i dir-me que sí. Que tenen mamelles, els ametllers, potser? Li deia. I ella em deia que els munyien per fer-ne llet, als ametllers, segur que sí. Però deixant de banda discussions estèrils com aquelles, li vaig repetir fins a la sacietat que, en general, i quan ja no la necessitem per créixer, tot això del calci i l'absorció, la llet, vingui d'on vingui, es torna agra. I després tens mala llet. Passa quan et fas gran i estàs frustrat perquè gairebé res t'ha sortit com volies i ja no pots tornar enrere per arreglar les coses i fer-les diferents. Llavors acumules mala llet i mala llet, i vinga mala llet. I et converteixes en una mena de globus de parets gruixudes a qui li sembla no haver d'omplir-se mai. Fins que un dia, el fet més inusitat, xic! El punxa. I explota. I llet agra i budells i frustracions per totes les parets. La meva sogra va morir d'un atac d'aquests. Si la sang costa de treure, imagini's l'olor d'agre de la llet que s'ha fet dolenta; no se'n va mai!

—I el detonant de l'atac? Perdoni, estic molt acostumat a fer preguntes...

—No pateixi. A mi m'agrada respondre-les, encara que potser no el satisfacin del tot. El detonant? Vagi vostè a saber! Qualsevol ximpleria d'aquelles que afecten la gent amargada! El vol d'una mosca; una ungla trencada; un somriure d'amor que el seu fill em dediqués primer a mi que a ella, primer als nostres fills que a ella... Sempre havia de ser la primera en tot, sap? Si no, se sentia desplaçada i començava a manipular tots els cordills que aguanten cel i terra per invertir l'ordre de les coses i col·locar-se en primer terme. Era egoista, envejosa, manipuladora i vil.

—Veig que no l'apreciava gaire.

—No gens. I pensar que volia que l'anomenés mare! I una merda, que li diria mare! Aquella dona es va passar els seus últims mesos de vida ficant-se pel mig de la nostra relació, la del seu fill i jo, vull dir. Si l'hi expliqués, Andrés, se'n faria creus de les coses lletges que em deia. Miri, només li faltava una berruga peluda i hauria estat la madrastra perfecta. Però ara no val la pena parlar-ne, ja no hi és. I no m'agrada fer-me mala sang amb assumptes que ja són definitivament del passat. La mala sang porta conseqüències tan greus per a l'organisme com la mala llet.

—Però a mi m'ho pot explicar...

—És que no vull que es pensi que soc una rancorosa, ni una persona conflictiva. No tinc problemes amb ningú, jo, només amb ella. Però l'hi explicaré tot. Després vostè decideixi si li ve de gust continuar o no.

—I establir una relació amorosa estable, per començar —li engalta ell, tot precisant, per si les paraules en clau que feia servir l'Eva des que l'havia conegut no es referien a la mateixa cosa que ell havia interpretat.

—Sí, digui-li com vulgui. Doncs això: les cartes sobre la taula. No seré d'aquelles que critiquen per criticar. Li explicaré exactament per què la meva sogra va morir per culpa d'una concentració insalubre de vilesa, enveja i egoisme. Entendrà llavors, amb aquesta seva fi, tan il·lustrativa, per què jo l'odiava tant. Així, vostè, de passada, em coneixerà una mica més. Diuen que un es defineix no només per allò que estima, sinó també per allò que odia...

—Diuen tantes coses...

—I les que callen! Per exemple: a jutjar per aquesta foto, se'ns veu a tots molt units, oi?

—Sí.

—Doncs, sí. La veritat és que ho estàvem. Però de mala manera: ella era la cola que ens empastava a tots. «La família ha d'estar unida!» —deia—. Les seves habilitats semblaven extretes del revers d'un tub d'enganxament: «Impregni tota la superfície amb una capa espessa i deixi passar dotze hores, com a mínim, pel contacte total entre els dos materials que desitja unir, ja sigui fusta, formigó o cuir.» Aquesta cola ho enganxa tot. Famílies també. Oblidi's per sempre de foradar les parets i dels trepants. Allò que aquí s'uneix que no ho separi l'home. Aquesta cola ho enganxa tot. I famílies. Famílies també, ja l'hi puc ben assegurar.

—Ara entenc moltes coses... Hi deu haver més d'una mare que en sap, d'aquestes arts. I els homes sense saber-ne res!

—Més d'una? Totes! En morir-se ella, jo he ocupat el seu lloc i tinc a la meva disposició (és herència genèrica) un tub de cola d'aquests. Però jo no soc així. No l'hauré de fer servir mai. Jo tinc l'amor, sap? Me'ls estimo, els meus fills, i ells m'estimaran a mi d'aquí a no gaire. D'aquí a no gaire es faran grans i ens unirà l'amor, només l'amor i cap altra cosa. Ella era egoista i gelosa i vil. No li retrec pas que ens volgués a tots units, sap? No estic dient això, està molt bé estar units. Dic que ens volia a tots enganxats al seu voltant. Ella al centre i nosaltres orbitant. Però, és clar: això es va acabar el dia que va saber que jo estava embarassada. Ja no seria la mare. «Digue'm, mare!» El seu fill li deia mare, el seu home li deia mare! Jo no! A més: ara seria l'àvia, cosa que no podia suportar. La mare seria jo a partir que els bessons traguessin el cap pel mig de les meves cames. I ella passaria a ser una femella de segona o de tercera, tenint en compte que quan arriben nens a una família on no n'hi ha hagut mai, el món es trastoca. En el nostre cas doblement. Doncs això, sap què va fer quan s'ho va veure a venir definitivament? Que no hi podria fer res, que seria el segon o el tercer plat, que el seu fill prestaria més atenció a la prole que a ella, que la gent la felicitaria pel carrer per un mèrit que no era ben bé seu, que la felicitarien per estar rere la barrera de la vida vigilant les obres. Darrere la barrera, amb els que la gaudeixen en la placidesa del segon terme: la de la gent gran. Sap què va fer per tornar-se a situar a primer pla?

—Què...

—Morir-se! Es va morir, la molt porca!

—Dona, vol dir que ho va fer expressament?

—Hi posaria la mà al foc! Encara que tinc els meus dubtes de si l'inconscient li va jugar alguna mala passada. Que es morís sense voler, vull dir. Com quan se t'escapa un renec i et quedes tan ample i després t'has de tapar la boca i dir perdó. Però ella no va demanar mai perdó per morir-se.

—Eva, la gent no sol demanar perdó quan es mor...

—Que sí! Almenys haurien de fer-ho si es moren el dia més feliç de la teva vida!

—Què vol dir, quin dia es va morir, la seva sogra?

—El dia que van néixer els bessons, vostè creu? L'últim acte d'enveja i egoisme. M'havia de robar el protagonisme com fos. Havia de fer un lleig als nens, un que fes història.

Au, va! Vaig demanar explícitament que no volíem visites, que ja ens veuríem quan arribéssim a casa. Que volíem estar sols aquell parell de dies a l'hospital. Que no necessitàvem res, que gràcies.

—Dona, era la seva àvia, no se'n devia poder estar...

—Que potser la defensa?

—I ara! Dic que...

—Que no la volia allà, collons! —fa ella, posant-se la mà a la boca—. Perdó, soc una mica mal parlada. És que m'empipa només pensar-hi: no hauria d'haver vingut, a l'hospital. Però ella, a tirar pel dret, tossuda com un bou!

—Com una mula.

—Com un bou! La molt tossuda, va aparèixer a l'hospital amb un ram gegant de flors pudents i uns globus ridículs en forma de dofins blaus i roses. Entra a l'habitació rere aquell núvol de coses i, quan n'emergeix per contemplar la nova prole, li va venir l'atac.

—Pobra.

—Pobra, jo! Que el seu fill no va deixar de plorar durant tres setmanes! Els dies que el necessitava més de tots els dies en què una dona pot necessitar un home i ell se'ls passa plorant per tots els racons. Deu pensar que no predico amb l'exemple i que soc una egoista. Però cregui'm quan li dic que el necessitava al meu costat. Deu pensar que soc una mala persona, parlant malament d'un mort així, odiant tan intensament algú com jo l'odiava a ella. Si l'hagués pogut matar sense conseqüències, ho hauria fet. L'odiava tant que, quan es va morir, encara la sentia dins el meu cap, dient-me coses horribles. Era viva dins meu. La rancúnia, que és pitjor que el formol. I ara... Ara entendré perfectament si no vol estar amb algú així, amb algú com jo...

El major torna a buscar inspiració llançant la mirada per

la finestra. Una carpa salta deixant veure la seva panxota que hauria de ser daurada, però que el riu ha fet marró.

—Senyoreta Botet, no hi ha res que enterboleixi la fonda impressió que ha causat sobre mi aquesta tarda, quan ha entrat al meu despatx. Si algú és capaç d'odiar d'aquesta manera, no vull ni arribar a pensar com deu estimar!

—Gràcies.

—Gràcies les seves, Eva. I no es torturi. Pensi que la seva sogra va tenir una bona última visió. Que l'última cosa que vegis abans de morir siguin les carones de dos infantons, ha de ser un consol.

—Doncs no l'hi sabria dir. A mi em sembla que va ser precisament per aquesta visió que li va agafar l'atac, el detonant que diu vostè. En fi. Que li va agafar un patatús, per mala llet, el dia que els nens van néixer, aquell 28 de desembre. «És una broma!», va dir, abans d'estirar la pota. «No», li vaig contestar. I acte seguit la va dinyar. A la foto següent, aquesta, veu?, estàvem tan tranquils... És a l'hospital, amb els dos nens acabats de néixer. Moments abans que ella aparegués en escena.

—Oh, Eva, qui ho diria que acabava de parir! Vostè està esplèndida!

—Bé, tant com esplèndida... Estava feta una esplèndida merda, com entendrà.

—En absolut! Qui estava fet una merda és l'home que té al costat, suposo que és el pare de les criatures..., m'equivoco?

—Sí. És en Miquel...

—No havia pas mort aquí encara sa mare, oi?

—No, encara no.

—I per què fa aquesta cara de drama el dia més feliç de la vida d'un home?

A parir panteres!

La imatge no ho recull, però Michael Jackson canta «Billie Jean» a l'orella d'un pare, quan li feien aquesta foto que us descric. En primer pla, el llit de l'hospital on reposa una mare que sosté dues criatures acabades de néixer. La composició crida molt l'atenció: un nadó, el més gros i vestit de blau cel (se suposa que deu ser un nen) és de raça negra. L'altre, ostensiblement més menut i vestit de rosa (deu ser una nena), és blanc com la llet, del mateix color que la cara de l'home que procura somriure, però no pot, el pare que enganxa la cara al costat de la paridora i li passa la mà per l'espatlla.

—Que guapa que està vostè i quina mala cara que fa el seu home. Deixa que m'aventuri a insinuar-ne les raons?

—Aventuri's...

—Hi ha un nen negre i un altre blanc.

—Ben vist.

—Que... Com és això? Són bessons, oi? I els ha parit vostè, no? I... aquest d'aquí és el seu pare, oi? I és més blanc que el cul d'un bebè. Bé... d'un bebè blanc...

—Són fills meus i d'en Miquel. Ja els ha conegut, dormint

són un encant... En Bru i la Clara. Ara ja tenen quasi 5 mesos... Són fills meus i d'en Miquel. Cosa de l'herència genètica. És estrany, no l'hi negaré: però passa una vegada de cada milió de vegades. Una doble ovulació i dos espermatozous diferents van fer la seva feina. Els meus fills deuen la seva aparença a una combinació atzarosa dels milions de gens dels seus pares. I jo sé molt poca cosa dels meus pares. De fet, m'agrada explicar que jo vaig néixer per generació espontània, però com que la gent em posa cares estranyes i últimament tinc poques ganes de donar explicacions quan algú em pregunta pels meus pares —sí, són preguntes que s'acaben fent quan algú vol saber més de tu— els dic que soc òrfena. Em fa una mandra brutal explicar que el meu pare ens va abandonar a la meva mare i a mi. Una mandra brutal. I que tinc la sensació que ella no em va estimar mai, que li feia nosa. Però com que és una sensació i ara és morta, qui soc jo per retreure-li res? Dic que vaig néixer per generació espontània, si veig l'interlocutor amb prou llums; entendrà que no tinc ganes de parlar-ne, entendrà que no els dec res, als meus pares, i que no em coneixerà més si sap qui eren, com eren, en què treballaven. Res. En canvi, explico la història de la nena pobreta amb la mare pobreta a la resta d'humanitat. A vostè, li explico les dues coses. Quedi's amb la que vulgui, la veritat. Les llums de l'home que vull al meu costat, m'agradarà anar-les encenent a mesura que es faci fosc.

—Senyoreta Botet, això que diu és molt suggeridor, però no l'acabo d'entendre. Em sembla que el vi japonès fa feina...

—Mollet de Peralada. És de l'Empordà. Però també fa feina! —diu ella, tot alçant la copa.

—I així, la seva mare a què es dedicava? Perquè era blanca, oi? I el seu pare? O el pare del seu pare? Algun avantpassat negre deuen tenir, vostè o el seu home: hi ha d'haver alguna explicació per al color de la pell d'aquest nen!

—Cap ni una. En Bru és negre i la Clara és blanca. O en Bru és negre i la Clara també és negra, però albina, però això ja m'ho van descartar al principi. No és albina, és blanca i punt. Blanca filla de mare blanca. El nano, així li diu tothom, ja és una altra cosa. Vostè s'imagina la cara d'estupefacció de la llevadora quan me'l va treure de dins? «Empeny, crida! Ara no: respira! Buf-buf-buf. Ara sí, tornem-hi: empeny! Fort, fort! Ja ho tenim això, ja surt el primer, bonica! Ja ha coronat! Ja... el... tenim... a-quí. Molt... moreno.» I me'l va posar a sobre, encara amb el cordó sense tallar perquè trobés el meu escalf o jo el d'ell. El color del cordó era del color que som tots per dins, el de les entranyes llefiscoses. Ens unia un intestí interracial, vaja, el mateix que uneix la humanitat sencera. Que si ens obren, semblem tots iguals, pensava, només podia pensar això. En Miquel, que estava allà al costat agafant-me la mà, va preguntar si era una icterícia o què, dissimuladament, però jo el vaig sentir. Què collons havia de ser una icterícia! Que no era groc, el nano, que era negre! «El nen, Miquel, ha sortit primer! Has perdut l'aposta», vaig dir-li. Perquè ens vam jugar un sopar per veure qui sortia primer si el nen o la nena. Ell deia que la nena, que sempre els passem la mà per la cara en tot, als senyors. Però jo ja sabia que en Bru seria un líder molt abans que sortís de l'ou. Molt abans. Ho sabem això, les dones; bé ho diuen.

—Diuen tantes coses... I no li van fer la prova de l'ADN?

—Doncs miri: no, quina necessitat hi havia? Era ben meu, aquell nen.

—Ningú l'hi negarà, li va sortir de dins... Em referia al pare...

—Què vol dir amb això? Que pensa que me n'he anat amb un altre? I ara! El nen és tan meu com la nena. El nen és tan meu com del seu pare. El cordó umbilical n'era la prova! En Miquel va fer els honors una mica garratibat. Els nervis, suposo. Em va dir que s'havia posat tan nerviós. Però no el jutjo, ser pare també deu tenir la seva part difícil en moments com aquells. Al cap d'uns minuts va sortir la Clara. «Empeny, crida! Ara no: respira! Buf-buf-buf. Ara sí, tornem-hi: empeny! Fort, fort! Ja ho tenim això, ja surt la nena, bonica! Ja surt! Ja ha coronat! Ja... la... tenim... aquí. Molt... rosseta.» Merda, vaig pensar. No he suportat mai les rosses. Els tinc una tírria animal. Però aquella era la meva filla i els meus prejudicis no m'afectarien. Perquè l'amor de mare passa per damunt de tot. De tot! Seria la primera rossa ben parida de la història perquè aquella era filla de l'Eva Botet.

—I tant que sí! N'estic segur que ho fa molt bé, això de fer de mare.

—No, la veritat és que em sembla que soc una mare pèssima. Poques coses sento amb tanta convicció com això que li dic: soc una caca de mare. Però me'ls estimo, a vegades els fotria en un paquet i els enviaria a Austràlia, però no sé com dir-l'hi, ara no podria viure sense ells. Un tòpic que es diu ràpid, ho sé. Però és que no podria. Em moriria de tristesa si no els tingués, ara que els he conegut. Tot l'amor que puc donar i donaré sempre serà per a ells dos.

—Això no és veritat. L'amor és una font inesgotable —fa ell prenent-li la mà—. I a més: sempre es poden tenir més fills. Llavors veuria això que li dic de l'amor.

L'Eva té una molt, molt mala sensació. Fa un altre glop de vi per empassar-se el tros de tonyina que se li ha quedat entravessat.

—I, sens dubte, devia ser el dia més feliç de la teva vida, oi? —continua ell, referint-se al part, com si fos una cerimònia d'ascensió mariana.

—No, feliç no: emocionant. Moltes emocions. Parir... Ah!, parir! Si els homes poguéssiu viure-ho... No sabeu què us perdeu. No ho sabeu. El dia més emocionant de tots. Algun estat de satisfacció proper a la pau, un moment o dos de sentir-te satisfeta pels teus propis mèrits, com quan puges una muntanya, sap? Però un cop a dalt, no sents immensitat. Si els homes poguéssiu viure-ho, sabríeu que un forat negre de tendresa et xucla irremeiablement. I desapareixes, com la llum de l'univers dins les boques que aspiren tota la matèria. Ja no ets tu. T'emociones tan intensament! Sents tanta por i tanta alegria, tant dolor i tanta resistència a morir-te! Perquè et mors, quan dones vida. No és com la sang, quan en dones, que en fabriques més. Un suc de préssec, les gràcies i a tirar milles! No és com donar sang. Tampoc és com un tràmit intestinal. Expulsar un fill no és com l'exageració d'una gran raconada, no...

—Ja m'ho penso! Però m'admetrà que en això sou unes privilegiades. Que teniu un do.

—Burrades! Dir això és com fer un copet a l'espatlla. Detesto els copets a l'espatlla.

—Disculpi...

—Res. Li deia que la clau està en què després ho oblides.

—El què?

—El part i tota la mandanga. Per això tenim més fills, perquè ho oblidem. La memòria d'espècie és puta com les gallines. Si les dones tinguéssim present de veritat la gesta real del part, el que suposa esqueixar-te després d'una llarga mutació de nou mesos, no tindríem més fills. Ens extingiríem. Sap el geni maligne que diuen que canvia els pensaments de lloc perquè no tinguem certesa de res? Els agafa de la maneta i els acompanya a un pou profund on van a parar totes les coses oblidades...

—No, ara no hi caic. Un pou? Un geni maligne?

—Res, coses meves. Que s'imagini que existeix una mena de mecanisme, i que el personalitzi en el paio aquest que esborra la memòria de les parteres. «Hi ha dolor», els diu. Però no quin dolor. «Però amb felicitat», els escriu al racó més atrinxerat de la ment, contra les parets dels occipitals: «Una felicitat incomparable que ho compensa tot. Que dona sentit a tot el sofriment.» I que aquell moment, ben mirat, és un embat superable. Bé ho han superat totes les dones del món que no han mort en l'intent, un embat superable, a diferència de la vida. Aquesta no la superarem de cap altra manera que no sigui tenint fills, deixant un bocí de nosaltres dins els cossos d'aquests infants que quan es facin grans ens recordaran que un dia vam viure per fer-los créixer. Això ho dic jo, no el paio que esborra els records de les parteres.

—M'estic entristint, Eva...

—No! Però si són boniques, les lleis de la vida!

—No veig bellesa enlloc, sap?

—Que sí!

—Que no: la meva dona va morir de part.

—Ostres, ho sento...

—Era un risc que corríem.

—Si ho hagués sabut no trec el tema, però la foto m'hi ha fet pensar... No en parlem més, no en parlem ara, si no ho vol...

—Vam tenir-lo a casa i la cosa es va complicar. Venia de natges. I sabíem que venia de natges, però ens havíem preparat per saber fer-lo girar. Una doula fantàstica ens atenia... No vam arribar a temps a l'hospital. D'això, ja en fa cinc anys i no hi ha dia que no recordi la desacceleració de la seva respiració arran d'orella fins a fer-se el silenci. I la seva mà, tan plena de carn, deixant-se anar de la meva, a poc a poc, com si s'hagués esforçat per anar-se'n amb una carícia. Quan ella es va morir, l'ambulància s'acabava de saltar un semàfor de la carretera de Barcelona, anàvem tan ràpid que semblava que llisquéssim sobre l'asfalt. Potser l'ànima, si et mors quan viatges, es queda pels volts del lloc on s'ha desenganxat del cos. No ho ha pensat mai? Com quan els desaprensius llencen algun paper per la finestra. Anàvem tan ràpid... És impossible que la seva ànima, volubles com diuen que són, es quedés dins la cabina. Per això vaig demanar que paressin. Que reduïssin la marxa. Que se'ns n'aniria per sempre ves a saber on i no sabria a quin lloc anar-la a plorar. Hi deixo flors cada dissabte, que és el dia que es va morir de camí a l'hospital, al semàfor de la carretera de Barcelona. No l'he oblidat, Eva, encara l'estimo.

—Ho sento, això és una merda. Que es morís, vull dir. No que encara l'estimi, està en el seu dret... Encara que això dels drets i els deures, ho tenim una mica malentès. Estrictament, si vostè té el dret d'estimar-la després de morta, ella hauria de tenir el deure de, com a mínim, deixar-se estimar, rebutjar-lo o, en el millor dels casos, correspondre'l. I els morts no en tenen de deures. És la gràcia de morir-se: se t'acaben els lligams amb les lleis de la humanitat... No estigui trist.

—T'hi assembles, saps?

—Sí? —fa l'Eva tota esgarrifada.

—No físicament, no. Encara que amb uns quants retocs qualsevol dona podria assemblar-s'hi. No era res excepcional, la meva Montserrat. Si t'engreixessis una mica i tenyíssim aquests cabells de negre, una mica inclinats així. —El major acosta la mà al serrell de l'Eva—. Et deixes aquests una mica més llargs. I ja la tenim. És això el que recordo d'ella, aquell pentinat impertorbable. L'única cosa que m'havia repetit una vegada i una altra, allò que parles de quan et moris, pensant que el dia no arribarà mai, l'única cosa que em deia és que volia que la pentinessin com sempre havia anat, que qualsevol altra variació no li estava pas bé. Volia exactament això —fa, ensenyant-li una foto de la seva dona que treu de la cartera.

—Però, Andrés, jo no soc ella. Ni ho seré mai. No està gaire bé això de comparar senyores, sap? Ens incomoda. Per més morta que estigui una de les dues.

—Morta sí, però viva en la memòria!

—Veu? És això el que li dic. No la defensi si no hi és. No li he faltat el respecte a ella perquè vostè l'hagi de defensar...

—Has dit que estava morta. Morta.

—I que no ho està?

—Estrictament sí... Tinc mal de cap.

—Potser li he fet venir jo. Tinc xerrera per escriure una enciclopèdia.

—I ara, dona! —fa ell, mentre obre una aspirina efervescent. Es posa aigua i hi aboca la pastilla que borbolleja fent esses fins al cul del got. L'Eva no pot deixar de mirar-la. Ell no pot deixar de parlar—: Si tens una conversa d'allò més... Em sembla que tu i jo ens hem ben trobat. Dius el que penses, sense embuts. Encara que pensis coses estranyes, jo ja sé per què les dius. Jo també sé per què les dic i per què me les callo. Perquè normalment me les callo, saps? Però el nus, el nus que se'm fa el coll em resulta molt empipador, sobretot amb tu. Si una cosa tinc clara des que aquesta tarda has aparegut a la meva vida, em deixes tractar-te de tu, Eva?

—Per favor...

—Si alguna cosa tinc clara és que tu seràs la meva dona en breu i que seràs una mare fabulosa per als teus fills i per als meus. En tinc tres, no t'ho he dit. El petit, en Borja, té 5 anys; en Claudi, 10 i l'Eladi, 11, semblen bessons. Tenen els ulls de la Montserrat tots. Quan em miren la veig a ella. I quan et miro a tu també l'hi veig, no em facis dir per què. M'has preguntat, entre totes les coses que m'explicaves, que si creia en l'amor a primera vista. Doncs mira, sí. I no tens pèls a la cara. I no ets cap interessada. I no estàs casada. Perquè no estàs casada, oi? Vull dir: no tens intenció de tornar amb el teu home ni tens coneixement que ell vulgui tornar, oi? Racista, irresponsable i orgullós... Mira, Eva: jo crec que hem d'estar junts, tu i jo. És molt romàntic com ha anat tot, no creus? Tu, tota sola i trista, mig tocada de l'ala després que el teu marit t'hagi abandonat...

—Perdoni: jo ja era així abans!

—Però estàs perduda, Eva, en això estem d'acord i jo t'he ben trobat. Doncs això: la nostra història. Tu tota sola i trista, mig tocada de l'ala perquè el teu marit t'ha abandonat i amb raó, que li has fet el salt amb un negre, però això no ve al cas, el cas és que estàs sola i jo també. Vas mirar per la finestra i em vas veure. Tu em vas veure a mi! I em vas venir a buscar i jo et vaig obrir la porta, i què et pensaves? Que era una bogeria? Quina possibilitat hi havia que una dona com tu interessés a un home com jo? Només cal mirar-me. I no sabies res de mi. Et vas aventurar, només per una intuïció romàntica.

—Bé, ben bé romàntica no...

—Romàntica, Eva. És tan bonic! Serà tan bonica la nostra història! Et descasaràs d'aquell pobre noi. O ja esteu descasats?

—No, encara estem casats.

—T'hi descasaràs i tu i jo farem papers, però catòlicament. És més, aconseguirem la nul·litat. Jo tinc influències. Serà com si no t'hi haguessis casat, ja ho veuràs. I aniràs de blanc, quan et casis amb mi. Encara guardo el vestit de la Montserrat. Si t'engreixes una mica, encara l'ompliràs i no l'haurem de tocar. Portaràs el vestit princesa i no se't veuran els peus quan caminis cap a l'altar, semblarà que vinguis a mi damunt una cinta transportadora. Els teus fills t'aguantaran la cua, llarguíssima, i el meu petit portarà els anells. Els dos grans tocaran la guitarra i cantaran: «Si em dius adeu»; ens va portar tanta sort amb la Montserrat! I anirem un parell de dies a Palamós, per no anar gaire lluny, pels nens. I quan tornem us instal·lareu a casa nostra. No cal que treballis. Et quedes a casa fins que ja no puguis més. Després agafa una feineta de senyora, la que vulguis. Et poso una botiga de roba, si vols. T'agrada la roba?

L'Eva no pot deixar de mirar l'aspirina, li havia semblat sentir algun crit dins el got que cada vegada estava més i més ple de bombolles, però només li ho havia semblat. Per què haurien de cridar, les aspirines?

—Eva? Dic que si t'agrada la roba, la moda, vull dir. A les senyores us encanta...

—No gens, si pogués aniria despullada. Com una dona al paradís, abans de cagar-la —fa ella, tot tocant-se maquinalment els revolts de les lletres del seu collaret daurat.

—Despullada? (se la imagina) Quines sortides... —I continua mentre la vesteix mentalment, per no distreure's de l'avenç imparable dels seus plans de futur—: O podries treballar des de casa, si t'avorreixes. Si t'avorrissis, que ho dubto. Perquè a mi em sembla que et passarà el dia volant. Eva, ho veig tan clar, tant! Perdona, et puc tractar de tu? Perdona si em mostro apassionat, perdona... És que si no dic el que penso se'm fa un nus...

—Ja està.

—Com?

—L'aspirina, s'ha desfet del tot. Ja se la pot prendre. Em disculpa un moment? He de tornar a anar al lavabo...

—Disculpada. T'espero per demanar postres, però em sembla que ja sé què demanarem. Gelat fregit de vainilla! Què et sembla? És per dos, per compartir —fa ell, alçant la veu perquè l'Eva ja està lluny de la taula.

* * *

L'Eva s'ha excusat vilment amb el tema de la bufeta petita: «Tinc la bufeta petita, així com l'omplo l'he de buidar. Un defecte de naixement. Un de confessable.» Però en realitat no té cap ganes d'anar al lavabo, li convé només una mica d'aigua a la cara per refrescar-se les idees i comprovar, així, de passada, que no borbollejarà fins a desaparèixer quan es mulli. Perquè el sopar s'estava convertint en un malson i allò de l'aspirina només podia ser un altre senyal. Una casualitat estratègica. El detonant definitiu que li diu que s'ha precipitat ficant la banya en aquest home. Però, i què?, pensa, odiosament, comparativament: Si bé a en Miquel va haver de reformar-lo molt abans de fer-lo habitable, el major ja és un home fet i dret i no haurà d'ensenyar-li segons quines coses. A més, qui era ella per dir-li com havia de viure la vida? Vol enyorar la seva dona per sempre? Que ho faci, que d'enyorança viu la major part d'humanitat. Vol convertir-la en una nova versió d'ella? Que ho faci, pobre home, si així és feliç! Es canviarà el pentinat, es vestirà com una senyora de major. Li costarà tolerar la seva fe cega amb el gran amor, aquella mena de pedra filosofal que roda com una mola pel cim del món. Qui gosaria dir-li que tot el seu univers gira entorn d'una mentida? L'experiència amb en Miquel li ha servit per saber que no tot tendeix a l'amor i que si ho fes, tampoc solucionaria les coses. L'amor de les mitges taronges, el que tot ho pot i mou muntanyes amb la punta del cor que tenen per nap. Aquell amor, ella ja l'havia conegut, la barreja perfecta entre necessitat i esperança, camuflat, molt camuflat, a les profunditats moleculars de la vida quotidiana, aquella mena d'amor no existeix en realitzar-se. No, almenys, fins que algú el troba a faltar. I qui, quin ésser desproveït de cor seria capaç d'obrir-li els ulls? No seria pas ella, no senyor. Es canviaria el pentinat, es vestiria com una senyora i es deixaria dir Montserrat. Podria viure-hi, amb un romàntic, li podria perdonar aquest petit defecte. Podria, fins i tot, procurar estimar-lo així, perquè tots els humans sou bojos imperfectes. Ara bé: fer de mare dels seus fills? Els d'ell, sumats amb els d'ella? Això són cinc criatures! Què volia muntar, aquell tarat? Una nova tribu dels Brady? No pas amb ella, no senyor. Però no el jutjarà. Que ningú jutgi un home que vol el millor per als seus fills. Que ningú jutgi una dona que s'ha dissolt en el mateix desig. I serà una altra cosa, però no serà com l'aigua guspirejant que alleuja el dolor de qui se l'empassa.

Obre l'aixeta. S'omple d'aigua les mans i hi acosta la cara. Se li ha corregut el maquillatge, però treu de la bossa unes tovalloletes amb què es neteja la desfeta. No recordava haver-se ennegrit tant les parpelles. Situada davant el mirall, es deixa els ulls nus, però es pinta els llavis, vermells i encerats com una poma. Se'ls mossega sense pensar, com sempre fa quan ha de prendre una decisió difícil. Se li ha girat el collaret d'Eva, de manera que el reflex li retorna el seu nom del dret. No ho corregirà perquè ja li està bé, com la pulsió de nit que li arriba dins un raig de lluna a través de la finestra. La lluna la calma, li regula les marees d'emocions que li pugen i baixen pels murs de l'enteniment, una presa de capacitat variable. Llavors, fixada i palpitant com un home llop en la màgica esfera, recorda com es diu i té ganes de córrer carrers i més carrers. Estendre els braços i fer rodar les cames com una locomotora i aturar-se quan no pugui més. S'enfila a la tassa, obre la finestra i ja ha davallat per la paret del Cafè de la Riba.